Klarant Verlag

Marc Freund wuchs in Osterholz auf, direkt an der Ostseesteilküste gelegen, die schon von Kindesbeinen an eine große Faszination auf ihn ausübte. Und so spielen viele seiner Geschichten am Meer, dem er sich sehr verbunden fühlt.
Regelmäßig zieht es den Krimiautor auch auf die andere Seite der Küste – an die Nordsee. Derzeit vor allem auf die bezaubernde Insel Langeoog, wo seine Ostfrieslandkrimis spielen.
Seit 2010 ist Marc Freund für verschiedene Verlage tätig. Daneben wurde er auch als Hörspielautor bekannt. Weit über 250 Veröffentlichungen für die unterschiedlichsten Reihen und Serien gehen bisher auf sein Konto.

Marc Freund

Langeooger Schampus

Die Inselkommissare

Ostfrieslandkrimi

Klarant Verlag

Copyright © 2020 Klarant GmbH, 28355 Bremen
Klarant Verlag, www.klarant.de – www.ostfrieslandkrimi.de
ISBN: 978-3-96586-243-2
1. Auflage 2020
Umschlagabbildung: Klarant Verlag
Alle Rechte vorbehalten. Das Werk darf – auch auszugsweise – nur mit Genehmigung des Verlages wiedergegeben werden.
Ähnlichkeiten in dem Ostfrieslandkrimi »Langeooger Schampus« mit real existierenden Personen sind rein zufällig und nicht beabsichtigt.
Printed in the EU.

Kapitel 1

Dass etwas an einem Tag wie diesem nicht in Ordnung sein könnte, wäre Hajo Scholten nie in den Sinn gekommen. Warum auch? Hinter ihnen lagen zwei Wochen Ferien, in denen sie fast durchgehend Glück mit dem Wetter gehabt hatten.

Gut, er hatte sich am zweiten Tag eine scharfkantige Muschel in den linken Fußballen getreten, was schmerzhaft gewesen, zum Glück aber nicht zu einer dauernden Belastung geworden war. Und als er den kleinen Fahrradanhänger verschnürt hatte und die drei Stufen zu ihrem Feriendomizil hinauflief, verspürte er eine gute Laune wie schon lange nicht mehr.

Grund dafür war weniger ihre kurz bevorstehende Abreise, sondern die Tatsache, dass die letzten vierzehn Tage einfach gutgetan hatten. Auf voller Linie.

Marianne und er waren sich endlich wieder nähergekommen, nachdem sie sich zu Hause in Köln überwiegend nur noch angeschwiegen hatten.

Schweigen. Anstrengend. Oh ja, das war es gewesen. Aber hier auf Langeoog hatten sie plötzlich neue Themen gefunden. Sie hatten sich wieder etwas zu sagen gehabt.

Hajo trat durch den hellen Flur in die geräumige Küche, in der Marianne und er manchmal noch am späten Abend für sich und ihren gemeinsamen Sohn Marten eine Pizza warm gemacht hatten, weil … nun weil so ein Nachmittag am Strand einfach verdammt hungrig machen konnte.

Marianne stand an der Arbeitsfläche neben der Mikrowelle, drehte ihm den Rücken zu. Sie hatte die kleine Schublade aufgezogen und kramte darin herum.

Hajo trat leise an sie heran, umfasste ihr Becken und küsste sie zärtlich auf ihren schlanken Nacken, dort, wo sich ihr blondes Haar zu einem feinen Flaum kräuselte.

Sie zuckte zusammen. Dann erstarrte sie regelrecht, machte sich steif, so als hätte das erneute Aufblühen ihrer Ehe auf dieser Insel nicht stattgefunden.

»Alles in Ordnung mit dir?«

Hajos Frage blieb lange, eine Spur zu lange, im Raum stehen, bevor Marianne antwortete.

Sie löste ihre Verbindung und schob die Schublade mit einer energischen Bewegung zu.

»Ja«, gab sie knapp zurück, als ihr offenbar klar wurde, dass Hajo noch immer wartete. Ein wenig hilflos wartete, mit fragendem Gesicht und leicht hängenden Schultern.

»Wirklich? Du ... du wirkst gerade nicht so, als ob ...«

Als ob ... was eigentlich? Was hatte er ihr sagen wollen?

Hajo blickte die Frau in dem hellen Sommerkleid an, bei der er sich in den letzten Tagen wieder gefragt hatte, wie jemand wie er jemals bei einer wie ihr hatte landen können.

Aber genau so war es gekommen. Vor zwölfeinhalb Jahren in Köln am Rhein, aloha und alaaf!

Sie drehte sich zu ihm um, ein Stück zusammengefaltetes Papier in der einen Hand, in der anderen einen Kugelschreiber, den sie offenbar zuvor so verzweifelt in der Schublade gesucht hatte.

»Später, Hajo, ja?«, sagte sie, kurz bevor sie seinem Blick auswich, sich zum Küchentisch abwandte und einen Stuhl darunter hervorzog.

»Du wirkst verändert«, stellte er trocken fest, wartete dieses Mal jedoch nicht auf eine Antwort, sondern wandte sich der Tür zu, durch die eine frische Brise ins Haus wehte, um im Wohnzimmer mit den leichten Vorhängen zu spielen. Auf der Schwelle kam Hajo ein anderer Gedanke. Er blieb stehen, eine Hand an den Türbalken gelehnt. Sein Kopf drehte sich leicht zur Seite.

»Hat es mit dem Handyanruf von vorhin zu tun?«

Sie saß am Küchentisch, hatte bereits angefangen zu schreiben, als sie zu ihm herübersah.

Was in dieser Sekunde in ihrem Blick lag, vermochte Hajo nicht zu deuten. Aber es sollte ihn noch beschäftigen. Lange.

Marianne warf den Kugelschreiber hin, stützte ihre Ellenbogen auf die Tischplatte und massierte ihre Schläfen.

»Bitte, Hajo, lass uns das verschieben, ja? Ich will doch nur die Nachricht an den Vermieter schreiben. Wegen der kaputten Fernbedienung.«

Hajo antwortete nicht. Er nickte nur. So wie er es oft in den letzten zwölfeinhalb Jahren getan hatte. Genickt und die Klappe gehalten, obwohl ihm oftmals nach Reden zumute gewesen wäre.

Erschreckend, dachte er, wie schnell er wieder in seine alten Verhaltensmuster zurückfiel. Dabei waren sie noch nicht mal wieder zu Hause. Verdammt, sie hatten ja nicht einmal die Insel verlassen!

»Nimmst du die Sachen da noch mit? Die müssen noch auf den Anhänger.«

Hajo blickte auf die Stelle rechts von ihm. Die beiden großen Plastiktüten vor der Kommode. Der Anhänger war jetzt schon rappelvoll. Mochte Gott, der Allmächtige, allein wissen, wie er das bewerkstelligen sollte.

Hajo zuckte mit den Schultern. Zur Not würde er sich den Krempel einfach an den Lenker seines Rads hängen.

Er löste sich vom Türrahmen, packte die beiden Tüten und verließ damit das Haus. Die Tür fiel hinter ihm ins Schloss.

Draußen stand Marten in der Sonne und kickte Kieselsteine über den kleinen Platz vor dem Haus.

Als sein Vater auftauchte, blickte der Zehnjährige auf. Seine Baseball-Cap hatte er falsch herum aufgesetzt, was seinen Aussagen zufolge allerdings in seinen Kreisen die einzig anerkannte Möglichkeit war, diese Art von Kopfbedeckung zu tragen. Hajo hatte seinen Sohn in dieser Hinsicht zweimal bekehren wollen. Das eine Mal halbherzig. Beim zweiten Versuch zu grob und unter dem Einfluss von einer halben Flasche Klarem. Danach hatte er es gelassen und sich in die Gegebenheiten gefügt. Der Weg des geringsten Widerstandes.

Marten sah auf seine Armbanduhr. »Sollten wir nicht schon längst bei der Fähre sein?«

»Wir haben noch Zeit«, erklärte Hajo mechanisch, während er die festgezurrte Abdeckung des Fahrradanhängers löste, zurückklappte und einen prüfenden Blick über ihre Urlaubshabseligkeiten schickte.

»Ich hab Hunger«, sagte Marten. Mit lustloser Miene und beiden Händen in den Taschen kickte er einen Kiesel weg, der klickernd über die Straße tanzte.

»Wir haben irgendwo noch eine Packung Kekse«, antwortete Hajo, der das Kunststück fertigbrachte, die beiden prall gefüllten Tüten noch im Anhänger unterzubringen.

»Die schmecken sch…«, Marten hielt einen Augenblick inne, »scheußlich! Ich will was anderes!«

Hajo, vornübergebeugt, beide Arme im Innern des Hängers vergraben, schloss für einen Moment lang die Augen. Tief durchatmen. Bis drei zählen. Mindestens bis drei. Heute vielleicht lieber weiter. Das half tatsächlich. Als er sich wieder aufbäumte, sagte er: »Du kannst dir auf der Fähre etwas aussuchen.«

»Was ich will?« Marten blinzelte.

»Von mir aus.«

Der Anflug eines Lächelns huschte über das Gesicht des Jungen.

Kurze Zeit später war der Anhänger wieder verschlossen. Hajo schwitzte. Es ging auf Mittag zu. Vielleicht würden sie doch eine spätere Fähre nehmen.

Er blickte zum Haus hinüber. Wo blieb sie nur? Ob sie wieder telefonierte?

»… denn noch so lange?«

Hajo drehte den Kopf in Martens Richtung. »Hä? Ich meine: Was?«

Der Junge rollte mit den Augen. »Was macht Mama denn noch so lange?«

Hajo wischte sich den Schweiß von der Stirn.

Im reetgedeckten Nachbarhaus, kaum fünf Meter weit, öffnete sich die Haustür. Die junge Familie strömte heraus. Vater, Mutter, zwei Kinder. Sie bereits im Bikini, er in Strandsandalen und mit einer Kühlbox unter dem Arm.

Für einen Moment verspürte Hajo eine tiefe Sehnsucht in sich. Noch einmal eine Woche dranhängen. Einfach so. Noch einmal die unbeschwerten Augenblicke genießen, die sie auf dieser Insel erlebt hatten. Ganz intensiv.

Er winkte den Urlaubern zu und sah ihnen noch eine Weile nach, wie sie den kleinen Weg hinunter bis zur Straße schlenderten, die beiden kleinen Kinder in einem Bollerwagen, den der Vater mit seiner freien Hand hinter sich herzog.

Hajo hatte die Hände in die Hüften gestemmt. Ein kurzer Blick zu Marten. »Warte kurz hier. Ich bin gleich zurück.«

Er setzte sich in Bewegung, ohne eine Antwort abzuwarten.

Die drei Stufen überwand er wie in Trance. Er drückte die Türklinke herunter und öffnete.

»Marianne?«

Keine Antwort. Kein Geräusch. Es war so still im Haus, dass Hajo das erste Mal das Ticken der Küchenuhr hörte.

Doch schon zehn nach eins. Die Fähre um 13:30 Uhr würden sie definitiv nicht mehr schaffen.

Niemand hier.

»Marianne?«

Hajo hatte lauter gesprochen, erschrak fast vor dem Klang seiner eigenen Stimme.

Er verließ die Küche, tauchte ein in den sonnendurchfluteten Korridor. Ein Blick ins Elternschlafzimmer.

Abgezogene Bettdecken. Ordentlich zusammengelegt. Auf dem Fußboden die Bettbezüge. Morgen würden die Frauen von der Reinigungsfirma hier hindurchwirbeln und sich der Sachen annehmen.

Keine Marianne.

Hajo zog die Augenbrauen zusammen, verließ das Zimmer. Als er zurück im Korridor war, beschleunigte er seine Schritte. Er rannte fast.

Die Tür zu Martens Zimmer stand offen. Doch auch hier dasselbe Ergebnis.

»Herrgott, Marianne, wo steckst du denn?«

Hajos Stimme hatte sich beinahe überschlagen. Er riss die Tür zum Bad auf, hämmerte mit der Faust gegen den Lichtschalter.

Nichts. Niemand. Nur sein eigenes Bild im Spiegel über dem Waschbecken. Blass, verschwommen. Irgendwie nicht mehr er selbst.

Langsam kehrte er durch den Korridor in die Küche zurück. Etwas erregte seine Aufmerksamkeit. Etwas, das er vor wenigen Minuten noch nicht bemerkt hatte.

Ein Zettel, eine Notiz, hastig dahingeworfen, auf dem Küchentisch.

Er streckte seine Hand danach aus und las.

Es tut mir leid ...

Das war alles.

Eindeutig Mariannes Handschrift, die Hajo zur Genüge kannte.

Langsam ließ er den Zettel sinken. Eine kraftlose Bewegung.

Er fuhr sich mit der Zunge über seine trockenen Lippen.

Ein neues Geräusch mischte sich in die Szenerie. Ein leises Klappern. Das Schlagen der Hintertür im Wind.

Hajo machte auf dem Absatz kehrt und rannte durch den Flur, in Richtung des Hauswirtschaftsraums.

Die Hintertür war tatsächlich nur angelehnt. Gerade als Hajo die Hand nach der Klinke ausstreckte, schlug sie ihm vor der Nase ins Schloss.

Hajo öffnete mit einer energischen Handbewegung und stürmte über die Schwelle ins Freie.

Die Terrasse lag verlassen vor ihm. Der Kunststofftisch, die angelehnten Stühle, der zusammengeklappte Sonnenschirm.

Hajo rieb sich über das glattrasierte Kinn. Er nahm den leichten Geruch seines eigenen Aftershaves wahr.

In ihm rumorte es. Irgendetwas stimmte hier nicht.

»Marianne!«, brüllte er. Dabei knüllte er ihren Abschiedsbrief in seiner geballten rechten Faust zusammen.

Für die Dauer mehrerer Sekunden stand er einfach so da. Seine Gedanken rasten. Er wusste, dass er etwas tun musste, und doch war er wie gelähmt. Unfähig, sich zu rühren.

Unendlich langsam löste er sich aus seiner Lethargie und kehrte in das Haus zurück.

Hajo wusste, dass es keinen Sinn machte, hier weiter nach seiner Frau zu suchen. Was immer auch geschehen war, sie hatte offenbar hinsichtlich ihrer bevorstehenden Abreise andere Vorstellungen entwickelt.

Er würde es Marten sagen müssen. Hajo hob seine verkrampfte rechte Faust, öffnete sie und überflog die Notiz erneut. Dann faltete er den Zettel zusammen und steckte ihn in die Brusttasche seines Hemds, unter dessen Ärmel sich jetzt dunkle Flecken abzeichneten.

Vor der geschlossenen Haustür verharrte er einen Augenblick. Er holte tief Luft, öffnete. Hajo trat nach draußen.

»Es tut mir leid, Marten, aber ich fürchte, wir müssen allein …«

Hajo Scholten brach ab, blinzelte. Er starrte auf die beiden Fahrräder, die einsatzbereit auf ihn warteten. Nur zwei Räder. Eines fehlte.

Ebenso wie Marten.

Kapitel 2

Mit einem leisen, knackenden Geräusch zerplatzte die straffe Pelle der Bockwurst unter seinem herzhaften Biss. Der Senf tat sein Übriges, um das heiß ersehnte Geschmackserlebnis abzurunden.

Gerret Kolbe hatte schon seit geraumer Zeit, während er auf dem Festland auf die Fähre gewartet hatte, ein leeres Gefühl im Magen verspürt, das sich kurz darauf schnell in einen handfesten Hunger verwandelt hatte.

Der Hafen von Bensersiel verabschiedete sich langsam hinter ihnen, während die *Langeoog IV* ihre Bugspitze neugierig in Richtung der Insel streckte, die sie in etwa einer halben Stunde anlaufen würden.

Langeoog.

Ein Name, der in seinem Innern einen gewissen Hall erzeugte. Kolbe erinnerte sich gern an die Geschichten, die ihm sein Vater auch heute noch ab und zu erzählte. Er selbst, Kriminalkommissar Gerret Kolbe, hatte an die Insel nur noch verschwommene Erinnerungen. Als Kind war er das letzte Mal zusammen mit seinem Vater hier gewesen, bevor es sie beide nach dem plötzlichen Tod der Mutter nach Kiel verschlagen hatte. Auf die andere Seite Schleswig-Holsteins, an die Ostsee. Das war vor vierzig Jahren gewesen. Seitdem war einiges passiert. In mancher Hinsicht ein bisschen zu viel, wenn man Kolbe fragte. Aber es fragte niemand.

Sein Vater hatte ihm vorgelebt, was es bedeutete, sich zu verändern. Er war die letzten vier Jahrzehnte viel unterwegs gewesen, hatte im Auftrag seines Verlags, für den er Reiseberichte schrieb, die ganze Welt bereist. Es gab kaum einen Ort, an dem Hansjörg Kolbe nicht schon seinen inzwischen speckig gewordenen Großwildjägerhut aus Leder, meist von einer langen Fasanenfeder verziert, zum Gruß in eine Fotokamera gehalten hatte.

Gerret war in der Zeit zu Hause geblieben, hatte mehr oder weniger brav die Schule besucht, immer unter der strengen

Obhut von Tante Ingeborg, die ihm erklärte, was er zu tun und insbesondere zu lassen hatte.

Ein Lächeln huschte über sein Gesicht, als er daran dachte, während er den restlichen Senf mit dem letzten Zipfel Bockwurst vom Papptablett aufwischte.

Kolbe drehte sich um, drehte sich einmal im Kreis, um nach einem Müllbehälter Ausschau zu halten. Er fand keinen. Jedenfalls nicht auf Anhieb. Es gab einen an der Verkaufsstelle, aber da herrschte dichtes Gedränge, und Kolbe war froh, sich bereits ein gutes Stück von der schwitzenden Menge entfernt zu haben. Er wischte sich mit der hauchdünnen Papierserviette über den Mund, bevor er sie zusammen mit der Wurstpappe in seiner rechten Hand zerknüllte.

Ihm war nach frischer Luft. Ganz plötzlich ein leichtes Gefühl einer aufkeimenden Übelkeit. Vielleicht verursacht durch das Zusammenwirken der verschiedenen Damenparfüms unter Deck und das hastige Verschlingen der Bockwurst.

Kolbe war niemand, der zur Seekrankheit neigte. Zumindest hatte er das bisher immer angenommen. Die Wahrheit zeigte sich jetzt von einer anderen Seite.

Er quetschte sich geschickt an zwei älteren Damen vorbei, die im Begriff waren, die Treppe an Deck hinaufzusteigen. Kolbe erreichte sie zuerst und eilte die Stufen nach oben.

Im Freien angekommen, sog er seine Lungen voll. Die Übelkeit schwand.

Ein wenig verwundert war er, als ihm Regen ins Gesicht klatschte. Den hatte niemand vorhergesagt. Über der Nordsee waren ein paar graue Wolken aufgezogen, die sich jedoch bald wieder verflüchtigen würden.

Kolbe bewegte sich Richtung Bug. An Deck der Fähre hielt sich zu diesem Zeitpunkt kaum jemand auf.

Eine Familie mit zwei Kindern kam ihm entgegengelaufen, auf dem Weg zur Treppe. Kolbe beachtete sie kaum. Er drehte sich zum Wasser und legte beide Hände auf die nasse Reling.

Der Regen war warm, und seine Sachen würden im Nu wieder trocken sein.

Der Regen zog wie ein Schleier über die Nordsee, und im Licht der hervorbrechenden Sonne funkelte bereits ein Regenbogen in schillernden Farben.

Kolbe genoss das Schauspiel. Vor allem genoss er die kostbaren Momente hier an Deck, fern von den Leuten, die sich vor dem Regen nach unten verzogen hatten.

Die grauen Wolken hinter sich lassen, überlegte er. Genau das war es, was er gerade versuchte. Es war Zeit für einen Aufbruch, einen Neuanfang. Wie oft im Leben bekam man die Chance dazu? Sicher nicht allzu oft. Vielleicht nicht mal ein zweites Mal, überlegte er.

Kiel war Geschichte. Abgefrühstückt. Irgendwo am Stadtrand saß Sybille Kolbe in ihrem gemeinsamen Haus, umgeben von den Trümmern ihrer gemeinsamen Ehe. Sybille, die bald wieder den Namen Wagner tragen würde. Jetzt, nach der Scheidung, war der Weg dafür frei. Eine reine Formsache.

Kolbe hatte die Gelegenheit genutzt, sich versetzen zu lassen. Als er vom dicken Kohlwey in seiner kumpelhaften Art auf die vakante Stelle angesprochen worden war, hatte er sofort zugesagt. Ohne zu überlegen. Diese Entscheidungen waren oftmals die besten. Nun, das würde sich herausstellen. Vermutlich würde darüber nicht einmal viel Zeit ins Land gehen.

Ein Geräusch riss Gerret Kolbe aus seinen Gedanken. Sein Kopf ruckte nach rechts, in Richtung Bug. Der Kommissar ließ seinen Blick über die Deckaufbauten wandern. Er verengte seine Augen zu Schlitzen, doch es war niemand zu erkennen.

Und doch war er sich absolut sicher, dass er etwas gehört hatte. Er wollte sich bereits wieder abwenden, als sich das Geräusch wiederholte. Es klang wie eine Rangelei zwischen zwei Personen, irgendwo hier oben an Deck.

Langsam löste er seine Hände von der Reling und setzte sich in Bewegung. Jetzt hörte er eindeutig die unterdrückten Laute einer Frau, der vermutlich irgendjemand seine Hand auf den Mund presste, um ihre Schreie zu ersticken.

Kolbe beschleunigte seine Schritte. Das letzte Stück bis zu der kleinen Nische zwischen den Deckaufbauten rannte er.

Der Kerl mit der dunklen Lederjacke hatte sich über eine blonde Frau hergemacht und sie in den Hohlraum zwischen den Wänden mit den Rettungsringen gezwängt.

»Was ist hier los?«, rief Kolbe und packte den Kerl noch im selben Moment am Kragen. Mit einer kraftvollen Bewegung zerrte er den Mann von dem weiblichen Fahrgast herunter.

Der Fremde taumelte mit einem überraschten Aufschrei zurück, geriet ins Wanken und stolperte mit herabgelassener Hose über seine eigenen Füße, bis er mit dem nackten Hintern auf das harte Deck prallte.

Sofort setzte Kolbe nach, packte den Mann erneut und hinderte ihn am Aufstehen.

»Hey!«, schrie der andere im Abstand von anderthalb Zentimetern gegen den kalten Boden. »Sind Sie verrückt geworden oder was?«

Kolbe drückte die Schultern des Mannes auf das Deck. Gleichzeitig warf er einen raschen Blick in die Nische, in der die junge Frau gerade dabei war, ihre Kleidung zu sortieren. Ihr blondes Haar war vollkommen zerzaust, offenbar hatte sie ihr Haargummi verloren. Ihre Augen waren weit aufgerissen. Gleichzeitig waren ihre Wangen feuerrot.

»Sind Sie nicht ganz dicht? Lassen Sie sofort den Mann los!«

Ihre Stimme hatte sich beinahe überschlagen, während sie sich aus der Nische herausbewegte und zwei energische Schritte auf Kolbe zumachte.

Der Kommissar suchte nach ihrem Blick und fand einen verstörten, zornigen Ausdruck darin, fast wie bei einem trotzigen Kind.

»Lassen Sie mich endlich aufstehen, verflucht nochmal!«, presste der Mann unter Kolbe hervor.

Der Polizist, der noch immer am Boden kniete, nickte langsam, nachdem ihm die junge Frau keine Gefahr mehr signalisiert hatte.

Kolbe ließ von dem anderen ab, der sich sofort aufrappelte und hastig seine Hose hochzog.

»Scheiße, verdammt!«

Kolbe beachtete ihn nicht. Er wandte sich an die Frau.

»Alles in Ordnung mit Ihnen?«

»Mit mir schon«, antwortete sie. »Aber ich glaube, bei Ihnen ist wenigstens eine Sicherung durchgeknallt. Können Sie mir sagen, was das gerade sollte?«

Kolbe blickte kurz auf den Fremden und zuckte mit den Schultern. »Naja, für mich hat es so ausgesehen, als hätte Sie dieser Mann belästigt.«

Der Typ mit der Lederjacke preschte wutschnaubend auf Kolbe los. »Belästigen? Sag mal, was bist du denn für'n Spinner, hä?«

Kolbe sah die Faust des Mannes kommen und tauchte mit einer schnellen Bewegung darunter hinweg. Gleichzeitig versuchte er, den Arm seines Gegners zu packen, doch seine nassen Finger rutschten an dem glatten Leder ab.

Der andere, ein durchtrainierter Typ mit beachtlichem Körperbau, wirbelte herum und riss Kolbe durch sein Gewicht mit.

Der Kommissar prallte gegen die Reling und spürte, wie ihm die Luft aus den Lungen gepresst wurde.

Der zweite Fausthieb traf Kolbe unmittelbar unter dem linken Auge auf den Wangenknochen.

Sein Kopf flog zurück, und für einen schrecklichen Moment lang glaubte Kolbe, er würde durch die Wucht des Angriffs über Bord geschleudert werden. Es blieb bei einer weiteren Begegnung mit der unnachgiebigen Reling.

Kolbe schüttelte den Kopf, blinzelte. Dann schossen seine Hände nach vorne und verkrallten sich in der Lederjacke seines Widersachers.

Der Typ gab einen kurzen, überraschten Aufschrei von sich, als Kolbe ihn fester packte und mit voller Wucht gegen die Deckaufbauten schleuderte.

Der Kerl mit der Lederjacke schrie schmerzerfüllt auf und griff mit rudernden Armen um sich. Er drohte, an der Wand herunterzurutschen, doch dann hatte er sich wieder gefangen. Er sprang auf Kolbe zu und schwang die Fäuste.

»Aufhören!«, schrie die blonde Frau dazwischen. »Seid ihr jetzt beide total durchgeknallt?«

Sie tauchte zwischen Kolbe und dem anderen auf und riss die beiden Streithähne auseinander.

Kolbe fühlte jetzt bereits, wie sein linkes Auge langsam anzuschwellen begann. Na großartig, dachte er. Das war genau die Form von Einstand, die er gebrauchen konnte.

»Ich werde Sie anzeigen«, presste er hervor, während er sich langsam von der Reling löste. Seine Rippen schmerzten, und für einen Moment hatte der Kommissar tatsächlich Schwierigkeiten, sich auf den Beinen zu halten. Die Worte, die er dem anderen entgegengebracht hatte, waren idiotisch.

Er hatte sich inzwischen selbst eingestanden, dass er zu überambitioniert vorgegangen war. Was um alles in der Welt war nur in ihn gefahren?

»Nur um hier nochmal eins klarzustellen«, begann die Blonde mit fester Stimme, »hier an Deck hat niemand irgendwen belästigt. Ist das klar?«

Kolbe blickte zwischen den beiden hin und her und stieß ein heiseres, humorloses Lachen aus.

»Schon okay. Aber hätten Sie damit nicht wenigstens warten können, bis wir auf der Insel sind? Ich meine ... es sind immerhin auch Kinder an Bord.«

Während seiner Worte hatte er die Frau angesehen. Die Röte kehrte in ihr Gesicht zurück, was umso deutlicher wurde, als sie sich eine lange Haarsträhne aus dem Gesicht strich und sie hinter ihr rechtes Ohr klemmte.

Beiläufig registrierte Kolbe, dass sie hübsch war. Wie war eine wie sie nur an so einen miesen Schläger geraten?

»Sie haben die Situation vollkommen falsch eingeschätzt«, beharrte die Blondine, als hätte sie Kolbes Gedanken gelesen.

Er hob abwehrend die Hände. »Schon gut, es ... es tut mir leid.«

Sie legte sich demonstrativ eine Hand hinters Ohr. »Was? Könnten Sie das vielleicht nochmal wiederholen und dabei nicht nuscheln wie ein Drittklässler?«

»Ich hab auch kein Wort gehört«, meldete sich der Kerl mit der Lederjacke zurück.

»Okay, jetzt reicht es aber auch«, konterte Kolbe. »Ich habe mich entschuldigt und gut. Und immerhin habe ich ja wohl das meiste abbekommen.« Er deutete auf sein Auge, das sich mit Sicherheit bereits zu verfärben begonnen hatte.

»Typisch«, sagte die Blonde, verschränkte ihre Arme vor der Brust und wandte sich lächelnd ab.

»Was soll das jetzt wieder heißen?«, bellte ihr Kolbe hinterher. »Hätten Sie Ihren Bernhardiner hier besser unter Kontrolle, müsste sich niemand hier für irgendwas entschuldigen.«

»Hey, hey, Vorsicht!«, mischte sich der Breitschultrige ein. Seine Gesichtshaut war braun gebrannt, ebenso wie die Beine, wie Kolbe irgendwo am Rande der Ereignisse registriert hatte. Der Kerl kam noch einen Schritt näher und baute sich drohend vor dem Polizisten auf.

»Ich verpass dir gleich noch eins aufs andere Auge, du Penner!«

Kolbe stemmte seine Hände in die Hüften und erwiderte den Blick seines Gegenübers. Dann wandte er sich lächelnd ab. »Ein andermal vielleicht.«

Er ging an der Blonden vorüber, die sich umgedreht hatte und mit grimmigem Blick über die Reling starrte.

»Viel Spaß dann noch, ihr zwei. Aber ihr solltet euch beeilen, die Fähre legt in zehn Minuten an.«

Kapitel 3

Länger hatte die *Langeoog IV* tatsächlich nicht gebraucht, um zum Fähranleger zu gelangen.

Kolbe hatte das Schiff verlassen, ohne dem seltsamen Paar an Deck noch einmal über den Weg gelaufen zu sein.

Direkt am Hafen stand bereits die Inselbahn bereit und wartete darauf, die Touristen zum Bahnhof zu bringen, wo sie dann auf ihre Quartiere verteilt werden würden.

Kolbe ließ seinen Blick über die bunten Waggons streifen, jeder in einer anderen Farbe. Das Gepäck fuhr, sicher in einem Container verstaut, in einem Extrawagen mit.

Kolbe stieg ein und horchte bis tief in sein Innerstes. Langeoog war noch nicht ganz wirklich geworden. Ja, noch konnte er sogar immer noch umkehren. Aber wohin sollte er gehen? Er hatte alle Zelte hinter sich abgebrochen.

Nein. Er lehnte sich zurück und schloss für einen Moment die Augen. Kurz darauf fuhr die Diesellok an, der Zug setzte sich in Bewegung.

Von der großen Stadt auf die Insel. Von der gezähmten Ostsee an die wilde Schwester im Westen. Und er, Gerret Kolbe, mittendrin.

Er öffnete die Augen. Was er sah, stimmte ihn wieder friedlicher. Die kurze Fahrt führte ihn am Inselwäldchen vorbei. Ein etwa hundertfünfzig Hektar messendes Areal, das auf einem ehemaligen Militärflugplatz angelegt worden war. Birken, Eichen und Erlen statt Bomber, Munition und Waffen. Wenn es doch nur überall so sein könnte, dachte Kolbe.

Auf der rechten Seite wurde das Gelände des neuen Flugplatzes sichtbar. Zugelassen für Sport- und Leichtflugzeuge, Motorsegler und Helikopter.

Nach knappen sieben Minuten war die Fahrt zu Ende. Sie hatten den Bahnhof von Langeoog erreicht.

Kolbe ließ sich Zeit mit dem Aussteigen. Um fünfzehn Uhr dreißig hatte er einen Termin auf seiner neuen Dienststelle, um sich vorzustellen. Morgen war dann sein erster offizieller Tag als Polizist auf der Insel.

Er wartete ab, bis alle Mitreisenden aus seinem Wagen ausgestiegen waren. Für kurze Zeit herrschte auf dem kleinen Bahnsteig betriebsame Hektik. Feriengäste liefen durcheinander, rempelten sich an, irrten umher, um irgendwann in einen gemeinsamen Strom zu münden, der in Richtung der Gepäckausgabe wogte.

Kolbe erhob sich und stieg aus. Auf dem Bahnsteig war es brütend warm. Der kurze Regenschauer hatte keine Abkühlung gebracht.

An dem kleinen Kiosk kaufte er sich einen Becher Kaffee und eine Zeitung. Während er an dem heißen, starken Gebräu nippte, schlenderte er langsam weiter und nahm den ramponierten, leicht schäbig aussehenden Koffer in Empfang, der als vorletztes Gepäckstück ein wenig verloren an der Abholstation wirkte.

Polderweg zwölf.

Das war die Adresse, die ihm die Vermittlungsstelle für Ferienwohnungen genannt hatte. Die Straße lag nicht weit vom Bahnhof entfernt, daher entschied Kolbe sich dafür, die Strecke zu Fuß zu gehen. Allzu schwer wog sein Koffer ohnehin nicht. Er war in Eile gepackt worden. Sein Besitzer würde sich in den nächsten Tagen auf der Insel neu einkleiden. So der Plan.

Kolbe drückte den leeren Pappbecher zusammen und entsorgte ihn im nächsten Mülleimer, während er den Bahnhof allmählich hinter sich ließ.

Auf halbem Weg kam ihm eine lärmende Schulklasse entgegen. Zwei Betreuerinnen versuchten vergeblich, Ruhe und Ordnung in die etwa zehnjährigen Kinder zu bekommen.

Kolbe lächelte und blieb vor dem roten Friesenhaus stehen, das zur Straße hin von drei weißen Birken gesäumt wurde.

Er war angekommen. Vorerst. Ob oder wie lange er hier bleiben würde, wusste er noch nicht. Das Haus gehörte der Witwe Franzen, die im ersten Stock Zimmer an Langzeitgäste vermietete. Wie es der Zufall, das Schicksal oder wer auch immer wollte, waren zwei zusammenhängende Zimmer vor Kurzem frei geworden. Kolbe hatte Bente Franzen von Kiel aus angerufen, nachdem er von der Vermittlungsstelle auf Langeoog ihre Festnetznummer erhalten hatte.

Er war sich mit der Dame, die sich am Telefon noch recht jung angehört hatte, schnell einig geworden.

Kolbe war den Verdacht nicht losgeworden, dass Bente Franzen es sehr eilig gehabt hatte, die Zimmer neu zu vermieten.

Nun, das war verständlich, immerhin musste jeder irgendwie überleben.

Er öffnete die kleine Gartenpforte und folgte dem kleinen Pfad aus runden Gehwegplatten bis zum Haus. Vor der Tür stellte er seinen Koffer ab.

Sein Gesicht spiegelte sich im dicken, gelb gefärbten Glas der Tür. Selbst bei diesen ungünstigen Verhältnissen erkannte Kolbe, dass er ein grauenhaftes Bild abgeben musste. Sein linkes Auge war halb zugeschwollen.

Dabei hatte er den dämlichen Zwischenfall von der Fähre beinahe vergessen gehabt.

Der neue Langeooger Kommissar drückte auf den Klingelknopf. Irgendwo im Haus ertönte ein warmer Gong.

Kolbe drehte sich um, sah der Schulklasse hinterher, die langsam und noch immer lärmend die Straße hinunterzog. Ein Junge schien es dabei noch weniger eilig zu haben als seine Kameraden. Er trottete lustlos und den Kopf gesenkt hinter den anderen her.

Ein Geräusch ließ den Polizisten herumfahren. Die Tür stand offen und auf der Schwelle ... Bente Franzen.

Zumindest nahm Kolbe das an. Er lächelte. Das Erste, was er feststellte, war, dass die Franzen am Telefon so jung geklungen hatte, weil sie noch verhältnismäßig jung *war*. Anfang vierzig vielleicht und damit in etwa sein Alter.

Sie hatte ein freundliches Gesicht mit einem markanten Kinn. Dazu lange Haare, in einer Farbe irgendwo zwischen brünett und dunkel, die sie in der Mitte gescheitelt und in ihrem Nacken zusammengeknotet hatte.

Sie besaß kräftige, leicht gerötete Hände, die sie sich in diesem Augenblick in ihrer Schürze abwischte.

»Herr ... Kolbe?«

Der Kommissar nickte lächelnd. »Ich glaube, Sie haben mich erwartet.«

»Ja, sicher«, antwortete sie, als sie die Tür weiter öffnete und den Weg freigab. »Ich wusste nicht, mit welcher Fähre Sie kommen, sonst hätte ich Sie vom Bahnhof abgeholt.«

Ihr Blick fiel auf das Gepäckstück ihres neuen Mieters.

»Soll ich ...?«

Kolbe winkte ab und beeilte sich, den Koffer anzuheben. »Nicht nötig, das schaffe ich grad noch allein.«

Nachdem er in den Flur eingetreten war, schloss sie die Tür hinter ihm.

Kolbe sah sich um. Der Flur war geräumig, wenn auch für seinen Geschmack ein wenig zu dunkel, bedingt durch die Wandvertäfelungen und das gefärbte Glas der Eingangstür.

An den hohen Wänden hingen Aquarellbilder mit Fantasiemotiven hinter Glas. Rechts darunter eine wuchtige Kommode. Darauf befand sich das Telefon, ein altmodischer Apparat mit Wählscheibe, in unappetitlichem Dunkelgrün. Das gehäkelte Deckchen darunter bildete mit seinen bunten Farben einen Kontrast, der in den Augen schmerzte.

»Das habe ich selbst gehäkelt«, erklärte Bente Franzen, die die Zeit genutzt hatte, ihren Gast ausgiebig zu mustern.

»Das ist ... schön«, gab Kolbe zurück.

»Tja.«

Sie standen sich im Flur gegenüber. Sie noch immer damit beschäftigt, ihre längst trockenen Hände verlegen in der Schürze zu reiben. Er noch immer den Koffer in der Hand und die Zeitung vom Bahnhof zusammengerollt unter dem Arm.

»Eigentlich wollte ich gerade eine Tasse Tee zubereiten, aber ich glaube, es sollte sich erstmal jemand um Ihr Auge kümmern.«

Kolbe wollte abwehren, doch Bente Franzen schüttelte energisch den Kopf und wand ihm in der nächsten Sekunde bereits den Koffer aus den Fingern.

Sie führte ihn wie ein kleines Kind bei der Hand und bugsierte ihn in das untere Bad, wo sie ihn kurzerhand auf den geschlossenen Deckel der Toilette setzte.

»Ich will Ihnen wirklich keine Umstände machen«, unternahm der Kommissar einen Versuch, sich aus der Situation zu winden, die ihm mit einem Mal skurril und irgendwie absurd vorkam.

»Ach, Unsinn«, entgegnete Bente Franzen, drehte sich zu einem Spiegelschrank um und begann damit, in den Fächern herumzuwühlen.

Irgendwo im Haus begann ein Teekessel zu pfeifen.

»Wollen Sie nicht hingehen?«, fragte Kolbe mit neu erwachter Hoffnung.

»Nein«, gab sie abwesend zurück. »Es wird gleich jemand kommen und sich darum kümmern.«

Währenddessen schien Bente Franzen gefunden zu haben, wonach sie gesucht hatte. Sie kehrte mit einer angebrochenen blauen Tube zu ihrem Mieter zurück, schraubte den Deckel ab und drückte sich einen dicken Klecks durchsichtige Salbe auf den rechten Zeigefinger.

Im oberen Stockwerk des Hauses wurde eine Tür geöffnet. Leise, hastige Schritte auf der Treppe. Kurz darauf erstarb der durchdringende Pfeifton in der Küche mit einem letzten, aufbäumenden Wehklagen. Endlich hatte sich jemand erbarmt.

Kolbe zuckte zusammen, als Bente Franzen ihm die Salbe unter das Auge rieb.

»Das ist ein kühlendes Gel«, erklärte sie, »enthält Arnika und wird Ihnen guttun. Wie haben Sie sich das eigentlich eingehandelt?«

»Ein kleiner Unfall auf der Fähre«, sagte er.

Sie hielt einen Augenblick mit ihrer Tätigkeit inne, sah ihn an und zuckte dann mit den Schultern.

»Sowas passiert.«

Schritte näherten sich durch den Flur. Auf der Schwelle zum Bad tauchte ein älterer Mann auf.

»Das Teewasser hat gekocht. Der Kessel hat aus dem letzten Loch gepfiffen.«

»Ah ja? Haben wir gar nicht gehört.« Bente Franzen zwinkerte ihrem Gast zu und ging dann ein wenig auf Abstand, um ihr Werk zu betrachten. »Eigentlich wäre Eis besser, hab aber gerade keines da. Das ist übrigens Professor Ladengast, Ihr Zimmernachbar.« Sie deutete auf den grauhaarigen Mann mit dem dünnen Schnauzbart. Der Professor hatte die Arme vor der dünnen Brust verschränkt und lehnte am Türrahmen.

Kolbe war die ganze Situation inzwischen mehr als unangenehm.

Der Alte reckte seinen langen Hals noch weiter ins Badezimmer. »Ach, dann sind Sie der neue Inselkommissar? Wie interessant. Ich habe schon zu Franzi … Verzeihung … Frau Franzen gesagt, dass uns da sicher schöne Zeiten ins Haus stehen. Kein illegales Glücksspiel mehr, und vor allem keine Drogen. Das wird uns ganz schön abgehen, was?«

Der alte Ladengast kicherte.

»Hören Sie am besten gar nicht auf ihn«, erklärte Bente Franzen. »Was ist? Trinken Sie eine Tasse Tee mit uns?«

Kolbe warf einen kurzen Blick auf seine Armbanduhr. Lust auf Tee in Gesellschaft hatte er keine, aber er wollte nicht unhöflich sein, deshalb nickte er.

»Dann will ich mich mal drum kümmern. Wir trinken den Tee nämlich ostfriesisch.«

Was das bedeutete, sollte Kolbe in den nächsten Tagen noch zur Genüge erfahren. Für den Moment war er dankbar für die Salbe, die seinem geschundenen Auge tatsächlich ein wenig Linderung verschaffte.

»Sie wohnen schon länger hier?«, fragte er, um die peinliche Stille zwischen ihm und dem Professor zu beenden.

Ladengast schien ihn im ersten Moment gar nicht wahrgenommen zu haben. Er starrte gegen die Decke, als sei er gerade mit der Lösung eines wesentlichen mathematischen Problems beschäftigt.

»Oh ja, schon ein paar Jahre. Es lebt sich sehr gut hier, wissen Sie? Man hat hier im Haus sämtliche Freiheiten. Nur eines sollten Sie niemals tun.«

Kolbe wartete ab, ob Ladengast von alleine weitersprechen würde. Als das nicht passierte, fragte er nach.

»Sie sollten Franzi … Frau Franzen … niemals beim Tee versetzen. Damit versteht sie keinen Spaß. Musste ich auch erst lernen. Sieht ziemlich übel aus.«

Kolbe war zunächst irritiert, bis er begriff, dass der Alte sein wachsendes Veilchen unter dem Auge meinte. Er lächelte den Professor gequält an.

Ladengast löste sich vom Türrahmen und zwinkerte dem Mann auf der Toilette zu. Er tippte sich unter sein linkes Auge. »Ich hoffe, der andere hat auch so eins. Das wäre wohl das Mindeste. Ach ja, ehe ich's vergesse: Herzlich willkommen auf Langeoog!«

Kapitel 4

Sie sieht ihn an, mit ihren himmelblauen Augen. Die Lider, die sie halb verdecken und diesen einzigartigen Blick erzeugen, den er bis hinunter in seine Lenden spürt.

Doch jetzt, genau in diesem Augenblick, denkt er nicht an diese Dinge. Er denkt nur daran, wie er aus dieser verfahrenen Situation wieder herauskommt. Es ist alles gesagt zwischen ihnen. Nichts mehr, was es noch zu bereden gäbe. Genug der Worte, die nur bewirkt haben, dass sich ihre aufgewühlten Emotionen gegenseitig aufgeschaukelt haben, bis zur Raserei.

Jetzt steht sie da, scheint zu überlegen, was es noch zu tun gibt. Auf der Suche nach einem Ausweg, der ihnen beiden immer unwahrscheinlicher vorkommt.

Ihr Mund ist leicht geöffnet, die Lippen beben. Zwischen ihnen klebt ein dünner Speichelfaden. Er bewegt sich leicht, während sie atmet. Hörbar atmet. Ein Laut, der ihre ganze Verzweiflung zum Ausdruck bringt.

Sie steht leicht gebeugt vor ihm, blickt ihn aus diesen betörenden Augen an. Er wartet ab, lauert. Vielleicht ist da noch so etwas wie Hoffnung in ihm. Darauf, dass am Ende noch alles gut wird. Aber ist er dafür nicht bereits viel zu weit gegangen?

Sie wagt sich einen Schritt vor. Dann noch einen. Er nimmt ihr Parfüm wahr, ein schwacher Hauch von Lavendel.

Plötzlich, während er von diesen Eindrücken abgelenkt ist, schnellt ihr Körper vor. Eine Hand verfängt sich an seinem Kragen und reißt ihn halb herum. Die andere holt aus, um ihm mit den langen Fingernägeln das Gesicht zu zerkratzen.

Er ist geistesgegenwärtig und vor allem kräftig genug, um ihren Angriff abzufangen. Er packt ihr Handgelenk. Die silbernen Armreifen geraten in Bewegung und führen an ihrem schlanken Unterarm einen rasselnden Tanz auf.

Sie ächzt, versucht, sich loszureißen. Und als sie erkennt, dass sie keinen Erfolg haben wird, speit sie ihm ins Gesicht.

Er hat seine Lippen fest aufeinandergepresst, während ihm der noch warme Speichel sein linkes Auge verklebt. Für einen

Moment nimmt er sein unmittelbares Umfeld nur verschwommen wahr.

Alles läuft auf eine furchtbare Eskalation hinaus. Dieser Verlauf scheint so unabwendbar wie der zu erwartende Knall, nachdem zwei Autos mit voller Geschwindigkeit aufeinander zurasen.

Sie tritt nach ihm. Zuerst mit dem linken, dann mit dem wesentlich kräftigeren rechten Bein. Ihre Absätze knallen ihm vor die Schienbeine und lassen ihn aufstöhnen. Aus einem Reflex heraus lässt er ihre Arme los, was sich als ein verhängnisvoller Fehler erweist.

Sie nutzt die Gelegenheit sofort, um ihn erneut zu attackieren. Sie bündelt ihre Kräfte und rammt ihn mit voller Wucht.

Er taumelt zurück und prallt gegen die Wand neben dem Türrahmen. Ein aufgehängtes Bild im Glasrahmen gerät in bedrohliche Schieflage und hält sich wie durch ein kleines Wunder am Nagel.

Sie setzt sofort nach, in der festen Überzeugung, Oberwasser gewonnen zu haben. Und für einen Augenblick sieht es tatsächlich so aus, als können sie diesen ungleichen Kampf für sich entscheiden. Ihr Faustschlag trifft ihn mitten auf den Kehlkopf und raubt ihm die Luft.

Er röchelt, hustet, presst krächzende Laute aus seinem Rachen.

Sie setzt nach, presst ihm ihren Unterarm gegen die Kehle.

Seine Augäpfel scheinen aus den Höhlen quellen zu wollen, während seine Arme, lang und schlaksig, unbeholfen hinter ihrem Rücken herumwirbeln.

Seine rechte Hand spürt einen Widerstand. Etwas, das mitten im Raum steht. Seine Finger klammern sich um den Gegenstand, der nur eine Sekunde später wuchtig und schwer in seiner Hand wiegt.

Ihr Gesicht ist dem seinen jetzt ganz nah. Noch immer dringt kein Laut über ihre Lippen. Nur ihr warmer Atem ist spürbar, wie er über sein Gesicht streift.

Er hebt seinen rechten Arm bis weit über ihren Kopf.

Sieht sie es denn nicht?

Ihr Blick klebt an seinen Augen, versucht zu registrieren, ob ihr Gegner bereit ist, aufzugeben.

Doch das ist er nicht.

Er wählt einen Weg, der die Entscheidung bringen wird. Erst im allerletzten Augenblick nimmt sie wahr, was geschieht.

Doch da ist es bereits zu spät.

Seine Hand saust herab. Ein dumpfer Laut ist zu hören. Ein Geräusch, das etwas Endgültiges in sich trägt.

Sie reißt ihre Augen auf. Ihr Blick hat nun nichts Betörendes mehr, sondern wirkt so, als sei etwas in ihm zersplittert. Gleichzeitig werden ihre Bewegungen kraftloser. Die Energie weicht aus ihren Muskeln, ihrem Körper.

Der Druck wird von seinem Kehlkopf genommen, als sie von ihm ablässt, um einen Schritt nach hinten zu wanken.

Ein letzter Blickkontakt. Kein angenehmer, für beide nicht.

Ihre Knie knicken kurz hintereinander ein. Sie sackt leblos auf dem Boden zusammen.

Er bleibt allein zurück, noch immer um Atem ringend und mit der Frage beschäftigt, wie, um alles in der Welt, es so weit kommen konnte. Sie bohrt sich in sein Gehirn wie eine glühend heiße Nadel. Er ist sich seiner Tat bewusst. Und den Konsequenzen, die sie aller Wahrscheinlichkeit nach mit sich bringen wird.

Er legt den schweren Gegenstand zurück, der ihm beinahe aus den Fingern gerutscht wäre. Als er seine Hand erneut anhebt, zittert sie. Sein Blick bleibt an seinen Fingern kleben, so als befürchte er, Blut daran zu finden.

Es ist keines zu sehen, als er sich vorsichtig über sie beugt. Dennoch weiß er sofort, dass sie tot ist.

Mit der flachen Hand wischt er sich über sein Kinn, schließt für einen kurzen Moment die Augen. Nachdenken.

Ein Geräusch reißt ihn aus seinen Überlegungen. Schritte vor dem Haus.

Als er seine Augen wieder öffnet, liegt sein Plan glasklar vor ihm. Die Leiche muss von hier verschwinden.

Und zwar sofort.

Kapitel 5

Drei Tassen.

Ostfriesisches Teegeschirr. Weißes Porzellan mit feinen Verzierungen in Friesisch-Blau.

Gerret Kolbe beobachtete seine Vermieterin dabei, wie sie den Tee aus einer verschnörkelten Kanne in die Tassen schenkte, zuerst in ihre eigene, dann in die ihrer Gäste.

Die goldbraune Flüssigkeit machte Bekanntschaft mit den Kluntjes und ließ sie an den Tassenböden leise knistern.

Bente Franzen beugte sich über den Tisch und schenkte Kolbe dabei einen kurzen Blick aus ihren haselnussbraunen Augen.

Um ihre Mundwinkel spielte ein stilles Lächeln.

Neben dem Kommissar, in einem schmalen Sessel mit hohen Lehnen, hockte Otto Ladengast, der versonnen zur Decke blickte.

»Es muss eine verflixte Umstellung für Sie sein, Kiel hinter sich zu lassen, um hier noch einmal neu anzufangen.«

Kolbe wartete ab, bis seine Tasse befüllt war und die frische Sahne sich darin versenkt hatte. Er nickte der Franzen dankbar zu.

»Wer sagt denn, dass Langeoog ein Neuanfang für mich ist?«

Der Professor unterdrückte ein Gähnen, während er zu seiner Tasse griff, sie anhob und den Neuen über ihren Rand hinweg ansah.

»Für jeden, der von außerhalb hierher kommt und beschließt, zu bleiben, bedeutet Langeoog eine neue Chance.«

»Trifft das nicht auf jeden anderen Ort genauso zu?«

Der Professor und Bente Franzen tauschten einen kurzen Blick miteinander, nach dem der Alte schließlich den Kopf schüttelte.

»Langeoog ist anders, junger Freund. Aber das werden Sie schon noch merken.«

Kolbe nickte, während er ernsthaft über die Worte des Alten nachdachte. Natürlich hatte Ladengast recht gehabt. Langeoog war nichts anderes als ein überdimensional großer Reset-Knopf in seinem Leben. Sybille und das Kind, auf das sie sich beide gefreut hatten. Das Kind, das sie verloren und das sie zusammen beweint hatten. Das alles sollte, wenngleich er es vermutlich niemals vergessen konnte, endlich der Vergangenheit angehören.

Sie tranken den Tee, der im ostfriesischen Raum bis zu fünfmal am Tag eingenommen wird und der mit einigem Recht als das Lebenselixier bezeichnet werden kann, das für die nötige Ruhe und Gelassenheit sorgt und die Geschicke auf der Insel ineinander fügt.

Kolbe ertappte sich mehrfach dabei, wie er zu der großen, dunklen Standuhr an der Wand hinüberschielte. Er hatte noch Zeit, bis er sich auf der Dienststelle melden sollte, wenigstens noch anderthalb Stunden.

»Nehmen Sie noch eine Tasse, Herr Kolbe?«

Bente Franzens Stimme riss ihn aus seinen Gedanken. Er schüttelte den Kopf und hob abwehrend die Hände.

Seine Vermieterin nickte knapp und schwenkte die Kanne in Ladengasts Richtung.

»Drei Tassen sind Friesenrecht«, sagte er, während seine Mundwinkel zuckten.

»Sie kommen sicher eine Weile allein zurecht, Professor«, sagte Bente Franzen, während sie sich erhob.

Ladengast vollführte eine beschwichtigende Handbewegung und angelte gleich darauf nach der zusammengerollten Zeitung, die auf dem kleinen Beistelltisch lag.

Kolbe registrierte, dass ihn seine Vermieterin erwartungsvoll ansah.

»Na, Sie wollen doch sicher Ihre Zimmer sehen, bevor Sie zu Ihrem Termin gehen?«

Kolbe konnte sich nicht erinnern, der Frau etwas von seinem weiteren Vorhaben erzählt zu haben. Aber vermutlich musste er das hier auf Langeoog auch gar nicht. Die Neuigkeit, dass die Insel einen neuen Polizisten bekam, noch dazu einen waschechten Kommissar, hatte ganz sicher schon vor Tagen die Runde gemacht.

Die Franzen ging in Richtung Flur und drehte sich kurz vor dem Treppenaufgang noch einmal zu ihm um.

»Wer weiß? Vielleicht gefällt es Ihnen ja gar nicht bei mir?«
Kolbe murmelte etwas zurück, dass er sich dies gar nicht vorstellen könne. Dann folgte er ihr die Stufen hinauf, seinen Koffer in der Hand, der am Fuß der Treppe auf ihn gewartet hatte.

Auf den Stufen befand sich ein langer roter Läufer, sauber bestickt mit maritimen Motiven. Oben schloss sich ein geräumiger Vorflur an, der von einer mit Bauernmalerei verzierten Holztruhe dominiert wurde.

Auf der linken Seite eine Holztür, auf deren Blatt zwei kleine Porzellanschilder angebracht waren. Eines trug den Buchstaben »O«, das andere ein »L«.

Bente Franzen wandte sich nach rechts. Auch dort hatten Schildchen gehangen, die offenbar vor Kurzem entfernt worden waren.

»Das wird Ihr Reich«, erklärte die Brünette, als sie die Tür zu zwei sonnendurchfluteten Räumen öffnete, die mit einer breiten Flügeltür voneinander getrennt waren. »Ich hoffe, es gefällt Ihnen.«

»Das wird es ganz sicher«, gab Kolbe fast mechanisch zurück. Als er sich umsah, das erste Mal mit wirklich wachen Augen, stellte er fest, dass er sich hier tatsächlich wohlfühlen könnte. Die Zimmer waren so eingerichtet, dass zumindest der äußere Rahmen gegeben war. Alles andere war eine Frage seiner persönlichen Einstellung und Gemütsverfassung.

Kolbe war ans Fenster herangetreten und blickte auf die Straße herunter, die sich zum Haus hin schlängelte.

Die Baumkronen der Birken schienen so nah, dass sie fast greifbar waren. Der Kommissar hörte durch das leicht geöffnete Fenster den Wind leise im Laub rascheln.

Er wandte sich um, ließ seinen Blick über die Einrichtung wandern.

Bente Franzen entdeckte ein vergessenes Staubtuch in einem Regal. Sie nahm es rasch an sich und ließ es hinter ihrem Rücken verschwinden.

»Ich wusste nicht, was ich mit den Büchern anfangen soll«, sagte sie mit einem entschuldigenden Lächeln.

Kolbe sah sie irritiert an, bis er das schmale Regal neben der Tür bemerkte.

»Ich hatte noch die Hoffnung, dass er sie abholen würde. Ihr Vormieter, wissen Sie?«

»Ah.«

»Er ist ziemlich abrupt abgereist. Und er hatte … er hatte mir nicht gesagt, was mit den Büchern passieren soll.«

Kolbe hatte das Gefühl, dass Bente Franzen zuerst etwas anderes hatte sagen wollen. Doch er war abwesend, hatte gar nicht richtig zugehört.

Sie zuckte mit den Schultern. »Falls sie Sie stören, werfen wir sie einfach raus. Die Bücher meine ich.«

»Ist schon in Ordnung«, antwortete Kolbe und stellte seinen Koffer neben einen der gemütlich aussehenden kleinen Sessel.

Bente Franzen schien beruhigt. Es war, als hätten ihr die Bücher des Vormieters schwer auf der Seele gelegen.

»Das Bad ist auf der anderen Seite vom Flur. Ich habe es voriges Jahr sanieren lassen. Ich hoffe, es stört Sie nicht, es mit Herrn Ladengast zu teilen.«

»Nein, nein«, gab Kolbe lächelnd zurück.

Für einen Augenblick entstand eine verlegene Stille zwischen ihnen beiden.

»Ja, dann will ich mal wieder«, sagte Bente Franzen und deutete mit ihrem rechten Daumen hinter sich. »Falls Sie noch etwas benötigen sollten oder etwas wissen wollen …«

»Dann gebe ich Ihnen Bescheid«, vollendete Kolbe ihren Satz, nachdem deutlich wurde, dass sie nach Worten suchte.

Sie nickte, lächelte, drehte sich um und war im nächsten Augenblick verschwunden. Kolbe hörte ihre leichten Schritte auf der Treppe, bis sie im Haus verklungen waren.

Er stemmte seine Hände in die Hüften und sah sich noch einmal um.

Langeoog. Na gut. Er war bereit, die Herausforderungen, die vor ihm lagen, anzunehmen.

Kapitel 6

Die Schritte vor dem Haus sind verklungen. Für einen kostbaren Augenblick, vielleicht nur für wenige Sekunden. Sie müssen reichen.

Während draußen jemand mit einem Schlüsselbund herumhantiert, ihn vor der Haustür fallen lässt und wieder aufhebt, ist er drinnen damit beschäftigt, seine Last nach draußen zu schaffen. Alle Spuren sind beseitigt, sofern seine schreckliche Tat denn überhaupt welche hinterlassen hatte.

Als die Tür vorne geöffnet wird, verlässt er das Haus durch den Hintereingang, zum Garten hinaus. Unter dem zusätzlichen Gewicht rutscht er mit dem rechten Fuß weg, fängt sein Gleichgewicht aber sofort wieder ein und setzt seinen Weg fort.

Seine Last ist in eine große Wolldecke gewickelt, die er sorgsam verschnürt hat.

Durch den hinteren Garten verläuft ein von Wildblumen gesäumter Pfad. Etwa sieben Meter bis zur Laube, vielleicht auch acht.

Er holt tief Luft, fasst den toten Körper auf seinen Armen fester und beginnt zu laufen. Alles muss jetzt schnell gehen. Ihre zusammengebundenen Füße streichen über den roten Mohn, der sich entlang des Weges in die Höhe reckt.

Der Pfad ist geschafft. Noch ein kleines Stück.

Er wendet sich nach links und umrundet die Laube zur Hälfte. An ihrer Rückseite lässt er seine Last herunter, legt sie direkt an die Wand, dort, wo die Brennnesseln wachsen.

Schweiß dringt ihm aus allen Poren. Er läuft seinen Rücken hinab, lässt sein Hemd zu einer zweiten Haut werden, die unangenehm an ihm klebt.

Er muss hoffen, dass sein kleines Geheimnis so lange unentdeckt bleibt, bis es dunkel wird. Erst dann kann er es wagen, zurückzukehren, um … nun, um zu tun, was noch getan werden muss.

Jetzt gilt es für ihn, sich unentdeckt aus dem Staub zu machen. Er darf auf keinen Fall riskieren, gesehen zu werden.

Sein Blick fällt noch einmal auf das Bündel zu seinen Füßen.

Dann wendet er sich ab und verharrt gleich im nächsten Moment wieder mitten in der Bewegung.

Schritte. Sie nähern sich über die gekieste Fläche am Haus, wechseln auf den Gartenpfad … und kommen direkt auf ihn zu!

Er presst sich mit dem Rücken gegen die Bretterwand und zwingt sich, flach zu atmen. Mit aller Konzentration darauf bedacht, keine verräterischen Geräusche zu erzeugen.

Wieder klirren Schlüssel. Dieses Mal direkt vor der Gartenlaube. Einer davon wird ins Schloss geschoben. Die Tür wird geöffnet. Dumpf und hohl klingen Schritte auf dem Holzboden. Wer immer da drinnen ist, auch er verharrt in der Bewegung. Vielleicht blickt er sich suchend um.

Und was, wenn er etwas bemerkt hat?

Dem Mann hinter der Laube rinnt brennender Schweiß ins Auge. Er wagt kaum, die Hand zu heben, um ihn wegzuwischen.

Für die Dauer mehrerer unendlich langer Sekunden hat es den Anschein, als würden sich die beiden belauern.

Die darauffolgenden Laute aus dem Innern der Laube wirken auf den Mann auf der Außenseite wie eine Erlösung. Drinnen wird ein Kühlschrank geöffnet. Flaschen klirren leise gegeneinander. Wenigstens zwei von ihnen werden herausgenommen. Nach ein paar weiteren Sekunden ist der Spuk vorüber. Die Schritte sind auf dem Kies verklungen, und der andere ist wieder im Haus verschwunden.

Aufatmen. Er zittert plötzlich am ganzen Körper. Und noch etwas bemerkt er: Dieses Gefühl löst in ihm etwas bisher nie Gekanntes aus. Eine Art Aufregung, die fast schon mit einer Ekstase gleichzusetzen ist. Ein Kribbeln breitet sich in seiner Magengegend aus. Er schließt die Augen und lächelt.

Wenig später muss er sich sogar ein Lachen verkneifen. Er weiß natürlich, dass die Situation alles andere als komisch ist, doch er kann nicht anders.

Die Anspannung, denkt er. Es ist die Anspannung, die sich gerade von ihm löst.

Jetzt löst auch er sich von der Wand, die noch einen schwachen Geruch von Holzschutzfarbe verströmt.

Kurz bevor er sein Versteck verlässt, blickt er noch einmal zu der toten Frau am Boden. In seinen Augen liegt das Versprechen, dass er schon bald zurückkehren wird.

Sobald es dunkel ist.

Kapitel 7

14:30 Uhr.

Gerret Kolbe trat in den oberen Flur hinaus, nachdem er seine wenigen Habseligkeiten in dem großen Kleiderschrank im Schlafzimmer verstaut hatte.

Die Tür des Professors war nur angelehnt. Kein Geräusch drang aus den Räumen dahinter.

Kolbe trat näher an die Tür heran und klopfte leise.

»Professor Ladengast?«

Die Tür schwang leise knarrend auf und gab den Blick frei auf einen mit Büchern und Papieren überfüllten Schreibtisch, der unterhalb eines geschlossenen Fensters stand.

Der eingeschaltete Laptop, über dessen Monitor ein konfus wirkender Bildschirmschoner tanzte, wirkte wie eine Insel in dem Durcheinander.

»Herr Ladengast?«

Keine Antwort. Von dem Professor war nichts zu sehen.

In einem gläsernen Aschenbecher neben dem Laptop glomm und rauchte der Rest eines Zigarillos vor sich hin. Kolbe trat näher und drückte es aus.

Er widerstand dem Impuls, einen Blick auf die Bücher und Schriften zu werfen. Gerade als er sich umdrehen wollte, spürte er eine Bewegung in seinem Rücken, kaum mehr als ein leiser Windhauch.

»Sie verraten mich doch sicher nicht?«

Kolbe fuhr herum und blickte in das hintergründig lächelnde Gesicht seines Zimmernachbarn.

Ladengast deutete auf den Aschenbecher. »Frau Franzen sieht es nicht gerne, wenn in den Zimmern hier oben geraucht wird.« Sein Lächeln verbreiterte sich. »Das gilt im Übrigen für alle Zimmer im Haus.«

Kolbe sah auf seine Armbanduhr. »Ich wollte Sie nur fragen, ob Sie ein Fahrrad haben, das Sie mir bis heute Abend leihen könnten.«

»Hm«, machte Ladengast, als ob er erst lange überlegen müsste. »Ich selbst nicht, aber fragen Sie doch mal Frau

Franzen. Sie hat noch ein altes im Schuppen stehen. Neulich jedenfalls stand es da noch.«

Das *Fahrrad* erwies sich als ein alter, rostbrauner Drahtesel ohne Gangschaltung, dafür aber mit einem breiten, bequemen Sattel und gerade noch ausreichend Luft in den Reifen.

Um 14:47 Uhr begann Kolbe seine erste Erkundungsfahrt über einen Teil der Insel, die ihn zunächst wieder Richtung Bahnhof und anschließend über die Hauptstraße zu seiner neuen Dienststelle führte, die *An der Kaapdüne* lag.

Kolbe stellte das Fahrrad ab und ärgerte sich, dass er vergessen hatte, Bente Franzen nach einem Schloss zu fragen. Das wäre eine Geschichte für die Inselzeitung gewesen, wenn dem neuen Kommissar gleich am ersten Tag sein Fahrrad geklaut worden wäre. Ein Rad, das nicht mal ihm gehörte.

Kolbe entschied, dass sicher niemand etwas mit diesem tückischen Vehikel anfangen konnte. Und außerdem … sie befanden sich hier auf Langeoog. Wohin sollte man hier mit einem gestohlenen Rad?

Kolbe wandte sich nach links, dem roten Backsteingebäude zu, in dem die Dienststelle der Polizei Langeoog untergebracht war. Es handelte sich um ein relativ unscheinbares Gebäude, das sich lediglich in dem blauen Hinweisschild an der Außenmauer neben dem Regenrohr von den normalen Wohnhäusern ringsum unterschied. Der Eingang befand sich an der Stirnseite des Gebäudes, an der gepflasterten Auffahrt.

Motorisierte Einsatzwagen suchte man hier vergeblich. Die Beamten griffen hier, wie fast alle anderen, auf Fahrräder zurück.

Kolbe gab sich einen Ruck, drückte die Türklinke herunter und betrat die Dienststelle. Er gelangte durch einen kleinen Vorraum in das eigentliche Büro, in dem es einen kleinen Wartebereich gab sowie einen breiten Holztresen, an dem Besucher in Empfang genommen wurden.

Kolbe trat an den Tresen heran und versuchte, Blickkontakt zu einem jungen Mann mit schütterem Haar aufzunehmen, der gerade hochkonzentriert dabei war, seine Computertastatur zu bearbeiten und gleichzeitig das Ergebnis seines Tuns auf dem

Monitor abzulesen. Dabei verzog er mehr als einmal das Gesicht.

»Entschuldigung?«, machte sich Kolbe bemerkbar.

Der junge Beamte verengte kurz seine Augen, als hätte ihn überraschend ein Stromschlag getroffen.

»Entschuldigung«, wiederholte der Kommissar. »Mein Name ist ...«

»Einen Augenblick«, schnarrte die Stimme des Blonden hinter seinem Monitor hervor. Er hackte noch ein paar Buchstaben in seine Tastatur und löste sich dann widerwillig von seiner Arbeit. Er umrundete seinen Schreibtisch und kehrte auf halbem Weg zurück, um seine Dienstmütze aufzusetzen, die auf der Ecke seines Schreibtischs gelegen hatte.

»Was kann ich für Sie tun?«

»Mein Name ist Kolbe. Ich bin ...«

»Wollen Sie eine Anzeige erstatten oder einen Diebstahl melden?«

»Nein«, gab Kolbe zurück, »weder noch.«

Der junge Beamte blinzelte. »Okay«, sagte er in gedehntem Tonfall und betrachtete unverhohlen Kolbes Veilchen. »Ich hätte gewettet, dass es mit dem blauen Auge zu tun hat. Na, dann schießen Sie mal los, was Sie herführt.«

Kolbe, innerlich mit den Augen rollend, wollte gerade neu ansetzen, als sich am Ende des Korridors eine Glastür öffnete.

Eine kräftige blonde Frau in blauer Uniformbluse nahm Blickkontakt zu ihm auf und marschierte geradewegs auf ihn zu.

Kolbe registrierte aus den Augenwinkeln, wie sich die Haltung des jungen Polizisten hinter dem Tresen versteifte.

Es war somit klar, wer da kam.

Hauptkommissarin Gesa Brockmann war achtundvierzig Jahre alt, zweimal geschieden und seit etwas mehr als acht Jahren die Dienststellenleiterin auf Langeoog. Ihre beiden Ex-Männer lebten ebenfalls noch auf der Insel, was Gerüchten zufolge jedoch nur selten zu Spannungen unter den Beteiligten führte.

Als sie auf Gerret Kolbe zutrat, regte sich in ihrem Gesicht kein erkennbarer Muskel.

»Moin, Herr Kolbe. Ich habe Sie schon erwartet. Gut, dass Sie pünktlich sind.«

Sie betonte ihre Worte so, dass sie beinahe wie ein Widerspruch klangen. Es folgte ein kurzer, ungemein kräftiger Händedruck.

Die Dienststellenleiterin deutete auf den jungen Beamten, der noch immer hinter dem Tresen strammstand.

»Darf ich vorstellen? Polizeimeister Enno Dietz. Herr Dietz ist seit etwas über einem Jahr hier und hat sich sehr gut eingelebt. Herr Dietz? Dies ist Ihr neuer Kollege und Vorgesetzter Kommissar Gerret Kolbe aus Kiel.«

»Oh, ja, natürlich«, entfuhr es dem Angesprochenen, der innerhalb kürzester Zeit rot angelaufen war.

»Ich hätte es Ihnen schon noch erklärt«, sagte Kolbe grinsend, während er dem verdutzten Polizisten seine rechte Hand über den Tresen reichte.

Für einen kurzen Augenblick entstand in Gesa Brockmanns Gesicht ein fragender Ausdruck, der sich jedoch beinahe sofort wieder verflüchtigte.

Hätte Kolbe darauf gewettet, von seiner neuen Vorgesetzten auf sein blühendes Veilchen angesprochen zu werden, so hätte er diese Wette verloren. Sie schien es bisher nicht einmal bemerkt zu haben.

Gesa Brockmann schien kein Typ für Smalltalk zu sein. Keine Fragen danach, wie seine Anreise verlaufen war oder ob er sich bereits um eine Unterkunft auf der Insel bemüht hatte.

Stattdessen: »Ich würde gerne in meinem Büro noch einige Dinge mit Ihnen besprechen.«

Kolbe breitete kurz seine Hände auseinander, um zu signalisieren, dass er für manches offen war.

Sie machte auf dem Absatz kehrt und steuerte auf die Glastür zu. Dabei legte sie ein sportliches Tempo vor, sodass Kolbe Mühe hatte, mit ihr Schritt zu halten.

Mit einem festen Ruck zog sie die Glastür auf und deutete Kolbe mit einem Kopfnicken an, vorzugehen.

»Zweites Büro rechts«, raunte sie ihm hinterher.

Kolbe passierte eine Wand mit einigen gerahmten Fotografien ehemaliger verdienstvoller Mitarbeiter der Dienststelle.

Das Büro seiner neuen Vorgesetzten lag hinter einer unscheinbaren grauen Tür. Kolbe trat über die Schwelle und bemerkte eine junge Frau in Polizeiuniform, die ihm den Rücken zudrehte.

Gesa Brockmann drängte sich hinter ihm vorbei, ließ die Tür offen und begab sich zu ihrem Platz hinter einem penibel aufgeräumten Schreibtisch.

Sie deutete auf die junge Beamtin, die sich in diesem Augenblick zu Kolbe umdrehte.

Der Kommissar, der bereits die Hand ausgestreckt hatte, hielt in seiner Bewegung inne. Sein Lächeln gefror in seinen Mundwinkeln, und es erleichterte ihn keineswegs, dass es der Frau auf dem Besucherstuhl genauso wie ihm erging.

Sie hätte sogar fast noch ihre bereits ausgestreckte Hand zurückgezogen. Ihre Gesichtszüge verhärteten sich und für einen Moment entstand über ihren Augen eine zornige Falte.

»Ihre neue Kollegin, Kommissarin Rieke Voss. Frau Voss kommt aus Wittmund und wird unser Team hier auf der Insel zusätzlich verstärken. Frau Voss? Das ist Kommissar Kolbe aus Lübeck.«

»Kiel«, verbesserte Kolbe geistesabwesend. Sein Händedruck mit der Frau von der Fähre verlief so wie eine überraschende Berührung im Dunkeln. Man weiß nicht, was man da anfasst, man weiß nur, dass man es so schnell wie möglich wieder loslassen möchte.

»Ich wusste gar nicht, dass noch eine zweite Stelle zu besetzen war«, sagte Kolbe, widerstand dem Impuls, sich seine rechte Hand an seinem Hosenbein abzuwischen, und setzte sich auf den freien Platz neben seiner neuen Kollegin.

»Es hat sich sehr kurzfristig ergeben«, erwiderte Gesa Brockmann seufzend, während sie auf ihrem Schreibtisch beiläufig ein paar Papiere sortierte und an anderer Stelle neu aufschichtete. »Leider.«

Kolbe hob fragend die rechte Augenbraue.

Gesa Brockmann sah sich dadurch genötigt, noch etwas hinzuzufügen. »Wir haben unseren langjährigen Kollegen Herrn Camphuusen vor Kurzem verloren.«

»Oh«, machte Kolbe. »Ist er im Einsatz gestorben?«

Gesa Brockmann sah von ihren Unterlagen auf und warf dem Kommissar einen ärgerlichen Blick zu.

»Nein«, sagte sie mit harter Stimme. »Es war … ein Unglücksfall.«

Kolbe entging ihr kurzes Zögern nicht. Er entschied jedoch, es dabei zu belassen.

»Sie werden verstehen, dass uns der Tod unseres Kollegen nicht nur sehr nahe gegangen ist, sondern uns auch vor ganz besondere Herausforderungen stellt. Um es kurz zu machen: Normalerweise sollten Sie beide Ihren Dienst erst morgen aufnehmen. Ich muss Sie beide nun aber fragen, ob Sie bereit sind, sofort anzufangen.«

»Natürlich«, kam es von Kolbes rechter Seite. Die blonde Rieke vermied es, ihn anzusehen. Sie hielt ihren Blick starr auf Gesa Brockmann gerichtet.

»Sofort bedeutet was genau?«, wollte Kolbe wissen und ärgerte sich im nächsten Moment, dass er diese Frage gestellt hatte, weil sie ihm einen erneuten missbilligenden Blick von gegenüber einhandelte.

»Sofort bedeutet jetzt gleich«, erklärte Gesa Brockmann in einem leicht genervten Tonfall. »Es gibt bedauerlicherweise Arbeit für Sie. Nebenan im Verhörzimmer sitzt ein gewisser Hans-Jochen Scholten aus Köln. Er ist vor vierzehn Tagen zusammen mit seiner Frau Marianne und seinem Sohn Marten hier auf der Insel angekommen. Heute Mittag hätten sie die Fähre aufs Festland nehmen wollen. Aber dann kam offenbar einiges anders.«

»Was ist passiert?«, hakte Rieke Voss nach.

Gesa Brockmann blickte ihre beiden neuen Mitarbeiter nacheinander an.

»Die Frau und der Junge sind spurlos verschwunden.«

Kurze Stille. Die beiden Neuen versuchten, die Information richtig einzuordnen, sie auf Inselbedingungen zurechtzustutzen.

»Um es gleich vorwegzunehmen«, schob Gesa Brockmann hinterher, »so etwas passiert. So etwas passiert sogar häufiger, als Sie sich im ersten Moment denken würden. An diesem Fall ist jedoch einiges seltsam. Zum Beispiel, dass Mutter und Sohn nicht zusammen, sondern kurz nacheinander verschwunden sind und dass Marianne Scholten kurz vorher eine Art Abschiedsnotiz verfasst hat.«

Gesa Brockmann schob eine in Folie verpackte Notiz über den Tisch. Kolbe streckte bereits die Hand danach aus, doch die Neue an seiner Seite war schneller.

»Es tut mir leid«, las sie, wendete das Beweisstück in ihren Händen, bevor sie es ihrer Vorgesetzten zurückreichte.

Kolbe ließ seine ausgestreckte Hand einen Moment lang auf der Tischplatte ruhen, bevor er sie lächelnd zurückzog.

»Aufgrund der besonderen Umstände habe ich Mutter und Sohn auf dem Festland zur Fahndung ausschreiben lassen«, erklärte Gesa Brockmann. »Und das ist auch schon beinahe alles, was ich Ihnen im Moment mit an die Hand geben kann. Alles Weitere zu den Scholtens finden Sie hier drin.«

Ein dünner Plastikschnellhefter wanderte über den Tisch.

Kolbe unternahm gar nicht erst den Versuch, ihn an sich zu nehmen. Offenbar betrieben die beiden Frauen da gerade eine Art Spiel, das sie sich möglicherweise bereits im Vorfeld überlegt hatten. Vielleicht steckte auch etwas anderes dahinter. Kolbe würde es schon noch herausfinden.

Gesa Brockmann breitete ihre Hände auf der Tischplatte aus.

»Also dann? Frau Voss, Herr Kolbe. Ihr erster gemeinsamer Fall auf Langeoog wartet auf Sie. Enttäuschen Sie mich nicht!«

Kapitel 8

Hajo Scholten einen Schatten seiner selbst zu nennen, wäre eine Beleidigung für alle Menschen gewesen, denen das Schicksal unerwartet in die Karten gepfuscht hatte.

Der Mann, der im Vernehmungszimmer auf der anderen Seite des Flurs auf Kolbe und Voss wartete, war in sich zusammengesunken. Sein Blick starrte teilnahmslos auf einen unsichtbaren Punkt an der Wand. Alles an Scholten wirkte matt und schlaff. Es schien, als koste es ihn unendlich viel Kraft, nur um seinen Kopf einen Deut anzuheben und in die Richtung der Beamten zu drehen.

Kolbe schloss die Tür hinter sich, zog sich einen Stuhl heran und platzierte ihn absichtlich so weit weg von Rieke Voss, wie es eben möglich war, ohne auffällig zu wirken.

»Gibt es etwas Neues von Marianne?«

Die Worte kamen brüchig aus Scholtens Kehle. Es gelang ihm dennoch, seinem Ton ein wenig Hoffnung zu verleihen.

Hoffnung, die Kolbe und Voss ihm gleich wieder würden nehmen müssen.

»Herr Scholten«, begann Rieke Voss mit sanfter, einfühlsamer Stimme, »wir sind gerade erst mit den Einzelheiten dieses Falls vertraut gemacht worden. Die Suche nach Ihrer Frau und nach Ihrem Sohn wurde vorsichtshalber auf das Festland ausgedehnt, für den Fall, dass die beiden doch auf einer der Fähren gewesen sind, die Langeoog seit ihrem Verschwinden verlassen haben.«

»Niemals«, flüsterte Scholten. »Sie sagen das so, als ob die beiden sich verabredet hätten.« Er sah zu den beiden Polizisten auf. »So als hätten sie geplant, mich im Stich zu lassen.«

Der Verzweifelte suchte in den Augen der Beamten nach einer Antwort. Für einen Moment entstand eine belastende Stille in dem engen Raum.

»Erzählen Sie uns doch bitte mal, was Ihrer Meinung nach passiert ist«, sagte Kolbe und unterstrich seine Worte mit einer auffordernden Handbewegung.

Scholten tat einen tiefen Seufzer, bevor er zu einem Erklärungsversuch ansetzte.

»Wir hatten geplant, die Fähre um elf Uhr dreißig zu nehmen. Aber es war schon absehbar, dass wir es nicht rechtzeitig schaffen würden.« Er machte eine hilflose Handbewegung. »Wir hätten ja noch die Fahrräder zurückgeben und unser Gepäck einchecken müssen. Es wäre also sicherlich eine Fähre später geworden.«

Rieke Voss strich sich eine blonde Strähne hinter ihr Ohr, während sie sich über den Tisch beugte und mit dem Zeigefinger über einen Flyer fuhr. »Das wäre die um dreizehn Uhr dreißig gewesen.«

Scholten nickte mechanisch. »Ist ja letztlich auch völlig egal, denn plötzlich war Marianne nicht mehr da. Von einem Augenblick auf den anderen verschwunden.«

»Einen Augenblick, nicht so schnell«, unterbrach Kolbe. »So einfach ist es immerhin nicht, zu verschwinden. Schon gar nicht auf so begrenztem Raum wie hier.«

Etwas in Scholtens Blick veränderte sich. Er zog die Augenbrauen zusammen und blinzelte Kolbe an. »So ist es aber gewesen. Sie war weg. Als hätte sie sich in Luft aufgelöst. Und ich habe … ich habe keine Erklärung dafür.«

»Was ist mit der Notiz, die Ihre Frau hinterlassen hat?«, warf Rieke Voss ein.

Scholten zuckte mit den Schultern.

»Es tut mir leid«, beharrte die Polizistin. »Was kann Ihre Frau damit gemeint haben? Was genau tat ihr leid?«

»Woher soll ich das wissen?«

»Nun ja«, sagte Rieke, »Sie sind immerhin ihr Mann. Sie haben auf Langeoog zwei Wochen Urlaub miteinander verbracht. Wenn jemand schreibt, dass es ihm leidtut, dann liegt doch in den meisten Fällen auch ein triftiger Grund dafür vor.«

Scholten wischte sich in einer fahrigen Bewegung mit der flachen Hand über das Kinn.

»Wir … wir haben uns gestritten, bevor wir hierher kamen. Viel und … und oft gestritten.« Wieder hob Scholten den herabgesunkenen Kopf hoch und sah die beiden Beamten beinahe flehend an. »Aber hier was das alles vorbei, verstehen Sie? Wir … wir haben uns so gut verstanden wie schon lange nicht mehr. Der ganze Ärger war plötzlich …« Scholten brach ab, suchte nach einer Alternative, um das Wort *verschwunden* zu vermeiden.

»Der ganze Ärger«, wiederholte Kolbe langsam. »Was genau meinen Sie damit?«

In die Augen ihres Gegenübers stahl sich ein fahriger Ausdruck. Scholten rutschte auf seinem Stuhl hin und her.

»Nichts«, presste er hervor. »Nichts, was Sie etwas angeht. Nichts, was mit ihrem Verschwinden zu tun hat. Wir … wir haben uns nicht hier gestritten. Nicht auf dieser Insel.« Scholten war immer leiser geworden, während er sprach. Schließlich sackte sein Kinn fast bis auf die Brust herunter.

Kolbe wäre wenig verwundert gewesen, wäre Scholten jetzt einfach auf seinem Stuhl eingeschlafen. Müde genug wirkte der Mann auf ihn jedenfalls.

»Also schön«, lenkte der Kommissar ein, »ganz wie Sie wollen. Kommen wir zu Ihrem Jungen. Marten. Im Gegensatz zu seiner Mutter hat er ein Rad benutzt, um das Ferienhaus zu verlassen. Haben Sie an ihm kurz zuvor irgendwelche Veränderungen bemerkt? Ist Ihnen irgendetwas an ihm aufgefallen?«

Scholten schüttelte überraschend energisch den Kopf. »Nein. Überhaupt nichts. Er war wie immer.« Wieder hob er seinen Blick. »Wir haben ja noch vor dem Haus auf seine Mutter gewartet. Da war noch alles in Ordnung. Alles … in Ordnung.«

Rieke Voss beugte sich nach vorne. Sie hatte den Schnellhefter aufgeklappt und zwei Fotografien herausgenommen. »Wir haben die Bilder der beiden. Mein Kollege und ich werden uns jetzt draußen auf die Suche machen. Wir haben Ihre Handynummer und werden Sie sofort verständigen, wenn wir etwas in Erfahrung gebracht haben. Wo werden Sie sich für die Übergangszeit aufhalten?«

Scholten zuckte mit den Schultern, als sei ihm alles egal.

»Ich habe unsere Sachen im Strandhotel deponiert. Ich denke, ich werde mir einfach ein Rad ausleihen und mich weiter auf die Suche machen.«

Rieke Voss schien einen Augenblick lang zu überlegen. Dann nickte sie. »Ich denke, das ist das Vernünftigste.« Sie nahm erneut Blickkontakt zu ihrem Gegenüber auf. »Und versuchen Sie dabei, ruhig zu bleiben, ja? Wir werden alles tun, um Ihre Frau und Ihren Sohn wiederzufinden.«

Scholten blickte zwischen den beiden Polizisten hin und her. »Ich hoffe nur, dass Sie nicht zu spät kommen.«

Kapitel 9

»Warum haben Sie das Thema so früh auf den Jungen gelenkt?«, fragte Rieke Voss, als sie vor das Dienstgebäude getreten waren, wo ihnen Enno Dietz bereits zwei Fahrräder bereitgestellt hatte.

»Ah, sieh an, Sie können ja doch sprechen«, gab Kolbe zurück. »Bisher haben Sie mich ja eher wie Luft behandelt.«

Sie antwortete nicht. Die Kommissarin hatte sich vor ihrem Kollegen aufgebaut und sah ihm direkt ins Gesicht.

Er hielt ihrem Blick stand.

»Wollen Sie mir nicht antworten?«, hakte er nach.

»Ich hatte keine Ahnung, dass Sie so sensibel sind. Auf der Fähre jedenfalls haben Sie mir diesen Eindruck nicht gemacht.«

Kolbe deutete mit dem rechten Daumen in Richtung des Eingangs zur Dienststelle. »Mit Teamwork hatte das da drinnen jedenfalls herzlich wenig zu tun. Und da wir gerade beim Thema sind: Sie haben mir auf der Fähre auch nicht den Eindruck gemacht, als wären Sie eine umgängliche Person. Aber wenigstens bleiben Sie Ihrem Stil treu, auch wenn Sie im Dienst sind.«

»Sie können mich mal, Kolbe«, sagte sie und ließ ihn stehen, um zu ihrem Fahrrad zu gelangen.

»Besser nicht«, rief er ihr hinterher, »bei Ihnen weiß man ja nicht, wer gerade vorher dran war.«

Ohne sich nochmal umzudrehen, zeigte sie ihm den ausgestreckten Mittelfinger der rechten Hand, schnappte sich das erste Rad und schwang sich auf den Sattel.

Kolbe musste einen Schritt zurücktreten, um nicht gerammt zu werden.

»Wohin fahren Sie jetzt?«

»Wohin schon?«, rief sie bei der Auffahrt. »Ich suche die Scholtens.«

Kolbe schluckte die ärgerliche Bemerkung herunter, die er seiner Kollegin mit auf den Weg hatte geben wollen. Was vermutlich gut war, denn hinter der Fensterscheibe der

Dienststelle war das Gesicht von Gesa Brockmann aufgetaucht.

Kolbe versuchte zu lächeln und spürte selbst, dass dieser Versuch zu einer Grimasse geriet. Er machte auf dem Absatz kehrt und eilte auf das verbliebene Fahrrad zu, das noch an der roten Mauer lehnte.

Damit preschte er von der Auffahrt und bog nach rechts, Richtung Wasserturm, ab. Auf dem Westerpad waren zahlreiche Menschen unterwegs. Zu Fuß oder auf dem Fahrrad. Kolbe glaubte einmal, kurz eine hellblaue Uniformbluse am Ende der Straße aufleuchten zu sehen, und bemühte sich, kräftiger in die Pedale zu treten. Vermutlich wollte seine Kollegin weiter zur Uferpromenade. Nun, jeder Ort auf der Insel war vermutlich gut genug, um mit der Suche nach zwei vermissten Personen zu beginnen.

Kolbe legte sich ins Zeug und holte tatsächlich auf. An der Stelle, wo der Westerpad in die Hochpromenade übergeht, hatte er Rieke Voss eingeholt. Sie nahm, wie es zu erwarten war, keinerlei Notiz von ihm, sondern radelte stur drauflos, immer wieder nach links und rechts blickend, Ausschau haltend nach Personen, die der Zielgruppe der Gesuchten entsprachen. Ein ziemlich verzweifeltes Unterfangen. Wenn auch nur auf den ersten Blick, denn Langeoog ist in vielen Teilen durchaus überschaubar. Wenn, ja wenn da nicht die vielen Feriengäste und Tagestouristen gewesen wären, die die Straßen und Pfade bevölkerten und sich wenig um einen Kommissar in Zivil und seine Kollegin in Uniform auf dem Fahrrad scherten. Dann gab es da auch noch die anderen, wie Kolbe schnell lernen musste. Diejenigen, die stehen blieben, um sich das ungewohnte Schauspiel anzusehen, und sogar noch einen Smalltalk vom Zaun brechen wollten.

Sie kamen an eine Stichstraße, in der das Hauptbad der Insel lag. Rieke Voss hielt kurz inne, um sich zu orientieren, bevor sie nach links abbiegen wollte.

Kolbe versperrte ihr den Weg. »Wie wäre es, wenn wir unseren Einsatz wenigstens ansatzweise koordinieren würden?«

Rieke Voss hielt an, stellte ihr Rad leicht schräg und stützte sich mit den Füßen ab.

»Das erste vernünftige Wort, das ich heute von Ihnen höre. Ich werde mich beim Hauptbad umsehen und dann den Strand absuchen, Richtung Pirolatal. Irgendwelche Einwände?«

Kolbe blickte sich um, schüttelte dann den Kopf. »Ich werde Richtung Ostende fahren und komme Ihnen dann über den Strand entgegen.«

»Gut. Enno Dietz kümmert sich um den Hafenbereich, insbesondere den Fähranleger. Wir bleiben über Funk miteinander in Kontakt.«

Ohne eine weitere Reaktion von Kolbe abzuwarten, setzte Rieke Voss sich wieder in Bewegung und war schon nach wenigen Sekunden im Menschenstrom verschwunden, der Richtung Bad und Strand drängte.

Es war noch immer heiß, und Kolbe wünschte sich, leichtere Kleidung angelegt zu haben. Der dünne Pullover war für die Fähre in Ordnung gewesen, aber hier sorgte er bereits jetzt für einen Schweißausbruch nach dem anderen.

Hatte er sich seinen Beginn auf Langeoog so vorgestellt? Kaum. Eigentlich hatte er gar keine konkrete Vorstellung von dem Dienst auf der Insel gehabt. Außer, dass er ruhiger verlaufen würde als bei der Mordkommission in Kiel.

Nun, inzwischen war er sich da nicht mehr ganz so sicher.

Er setzte seinen Weg fort und wechselte im weiteren Verlauf von der Höhenpromenade auf den Pirolatalweg, der am Schloppsee vorbeiführte. Hier trennte sich die Klientel der Urlauber in diejenigen, die Strandurlaub machten, und die anderen, die Wanderungen in Richtung Ostende bis hin zur Beobachtungsplattform für die Seehunde draußen auf den Sandbänken unternahmen.

Während Kolbe weiter in die Pedale trat, verselbstständigten sich seine Gedanken. Was war heute Morgen an dem Ferienhaus passiert? Hatte Marianne Scholten vorgehabt, ihren Mann zu verlassen? Warum hatte sie dann einen solch komplizierten und noch dazu mysteriösen Weg gewählt, ihm das zu vermitteln? Und welche Rolle hatte der Junge dabei gespielt, war er am Ende Teil des Plans gewesen?

Kolbe stoppte, weil er einen einzelnen Jungen mit Baseball-Cap ausgemacht hatte. Doch gerade, als er sich nähern wollte, traten ein Mann und eine Frau in sein Blickfeld, die beide ein Papptablett mit Currywurst und Pommes Frites in den Händen trugen und eine Portion dem Jungen überreichten, der sie grinsend entgegennahm.

Also weiter. Kolbe begann das erste Mal am Erfolg ihrer Aktion zu zweifeln. Mit vierzehn Kilometern Sandstrand und einer Gesamtfläche von circa zwanzig Quadratkilometern bot Langeoog eben doch genügend Möglichkeiten für jemanden, der weder gesehen noch gefunden werden wollte. Sie konnten den Jungen und seine Mutter, sofern sie denn zusammen unterwegs waren, möglicherweise tagelang auf der Insel suchen.

Ein Funkruf riss Kolbe aus seinen Gedanken. Eine männliche Stimme meldete sich. Sie war Kolbe noch nicht vertraut, was sich aber noch ändern würde.

»Hier ist Enno. Das Fahrrad des Jungen ist gefunden worden, zusammen mit seinem Sicherheitshelm. Wiederhole: Das Fahrrad von Marten Scholten wurde gefunden.«

Kolbe bremste so abrupt ab, dass er beinahe das Gleichgewicht verloren hätte. Er zog das Funkgerät hervor, das er sich mit einem Clip an seinen Gürtel geklemmt hatte.

»Hier ist Gerret Kolbe. Wo wurde das Rad gefunden?«

Ein kurzes Schnarren in der Funkverbindung. Dann meldete sich Ennos Stimme zurück.

»Kurz vor dem Ostende, am Eingang zu den Dünen. Das Rad hat im Zweigwerk gelegen, zusammen mit dem Helm. Es wurde von unserem Ranger gefunden.«

Kolbe betätigte die Sprechtaste. »Von wem?«

»Sorry. Von Jürgen Renner. Er ist der Nationalpark-Ranger. Er wartet dort.«

Kolbe rief sich die Karte der Insel in Erinnerung und betätigte die Sprechtaste. »In Ordnung, verstanden. Ich befinde mich gerade auf dem Weg in die Richtung. Ich bin in fünf Minuten da.«

Kolbe befestigte das Funkgerät wieder an seinem Gürtel und schwang sich zurück auf den Sattel. Er brauchte von seinem Standpunkt aus tatsächlich kaum mehr als die angegebene Zeit, bis er am Fuß einer langgezogenen Dünenlandschaft einen Mann entdeckte, der bereits suchend Ausschau hielt. Der breitschultrige Friese blickte dem Mann auf dem Rad skeptisch entgegen.

Kolbe verlangsamte sein Tempo und kam vor dem anderen zum Stehen.

»Moin! Herr Renner?«

»Joh!«

»Mein Name ist Kommissar Kolbe. Ich höre, Sie haben etwas für uns?«

Der Breitschultrige mit dem sonnengebräunten Gesicht nickte. »Das will ich wohl meinen. Das da hat mitten in der Lahnung gelegen.« Renner zeigte auf das Fahrrad, das inzwischen auf dem schmalen Pfad stand. Der hellblaue Helm baumelte am Lenker.

Kolbe blinzelte. »Wo genau befand sich die Fundstelle?«

Renner deutete zum heckenartigen Bewuchs am Fuß der Düne links von ihm. »Da vorne. Das können Sie noch erkennen. Da sind die ganzen Zweige weggeknickt.«

Kolbe nickte dem Mann zu und begutachtete die Stelle im Zweigwerk, die jedoch außer dem besagten Schaden keinerlei Spuren aufwies.

»Wahrscheinlich hat der Bengel sein Rad einfach hingeschmissen und ist zu Fuß weiter«, murmelte Renner, der plötzlich an Kolbes Seite auftauchte. »Was er nicht darf, wegen Naturschutzgebiet und so.«

»Klar«, erwiderte Kolbe knapp und dachte sich, dass es dem Jungen vermutlich herzlich egal war, ob er sich noch auf den ausgeschriebenen Wanderwegen befand oder nicht. Er ließ seinen Blick über die Dünenlandschaft wandern. Wenn es der Junge darauf anlegte, konnten sie sich hier ein stundenlanges

Versteckspiel liefern, ohne sich dabei auch nur einmal zu begegnen.

»Der Bengel hatte wohl keine Lust, nach Hause, wa?«, feixte Renner und zwinkerte dem Kommissar zu. »Is ja man auch verständlich. Da wartet ja bestimmt die Schule. Nix mehr mit Meer, Strand und Sonne.«

Wenn das so einfach wäre, dachte Kolbe, der das erste Mal bei dieser Sache so etwas wie ein mulmiges Gefühl verspürte. Es war jetzt kurz nach siebzehn Uhr. In spätestens fünf Stunden war es dunkel, und sie würden ihre Suchaktion abbrechen müssen.

»Was wollen Sie denn nun mit dem Rad anstellen?«, fragte der Ranger mitten in Kolbes Überlegungen hinein.

»Ich werde es mit zur Dienststelle nehmen«, entschied der Kommissar und nickte seinem Gegenüber zu. »Danke, dass Sie uns verständigt haben, Herr Renner.«

Der Angesprochene tippte sich zum Gruß gegen die Stirn, bewegte sich zwei Schritte Richtung Pfad und drehte sich dann noch einmal um. »Sie sind neu hier, wa?«

»Ja.«

»Merkt man.« Renner grinste und wandte sich ab.

Kolbe widerstand dem Impuls, nachzufragen, wie das gerade gemeint gewesen war. Er war nun mal der Neue, und vermutlich würde er das immer sein, egal, wie lange sein Aufenthalt auf Langeoog andauern mochte.

Er zog das Funkgerät hervor, stellte den richtigen Kanal ein und drückte die Sprechtaste.

»Hier Gerret Kolbe. Das Fahrrad des Jungen ist sichergestellt. Keine verwertbaren Spuren am Fundort. Werde mich jetzt in den Dünen umsehen. Ende.«

Nach einem kurzen Knarzen im Lautsprecher meldete sich Enno Dietz zurück. Es gab keine Einwände.

Kolbe steckte das Gerät zurück und stemmte seine Hände in die Hüften. Vor ihm lagen die Dünen, in deren Bewuchs der Wind geheimnisvoll wisperte.

Der Kommissar hoffte, dass er irgendwo dort nicht auf eine unangenehme Überraschung stoßen würde.

Kapitel 10

Auch Rieke Voss hatte den Funkspruch gehört. Und er beschäftigte ihre Fantasie. Sie dachte an ihren Sohn Noah, der mit ihr zusammen auf dem Festland, in Wittmund, lebte. Er war gerade fünfzehn Jahre alt geworden und war ein Trennungskind, seit er sieben war. Nicht, dass ihn das zu einem der sogenannten Problemkinder gemacht hätte; dennoch hatte die Situation immer wieder Herausforderungen heraufbeschworen.

Rieke tat das, was sie so oft und mit wechselndem Erfolg zu Hause versuchte: Sie wollte sich in die Lage eines Jungen hineinversetzen. Was hätte Noah zum Beispiel getan, wenn er keinen Bock gehabt hätte, mit seinen Eltern abzureisen? Was hätte er getan, wenn es mal wieder Stress gegeben hätte?

Nun, vielleicht wäre er auch ausgerissen. Aber ausgerechnet am Tag der Abreise, mit der Aussicht, die Fähre zu verpassen und eine unbestimmte Zeit auf sich allein gestellt auf der Insel verharren zu müssen? Noch dazu in der Gewissheit, möglicherweise eine groß angelegte Suchaktion auszulösen? Nein, das passte nicht zu Noah. Er hätte sich maulend in eine Ecke der Fähre verzogen und hätte bis zu ihrer Ankunft zu Hause kein Wort mehr gesprochen.

Aber möglicherweise tickte Marten anders. Vielleicht hatte es für ihn einen triftigen Grund gegeben, abzuhauen. Irgendetwas musste vorgefallen sein, das ihn zu dieser Aktion getrieben hatte.

Das Fahrrad war bei den Dünen gefunden worden, beinahe am anderen Ende der Insel. Von Marten selbst schien es keine Spur zu geben. Wollte er vielleicht erreichen, dass man an einem völlig falschen Ort nach ihm suchte?

Rieke hatte ihren Plan geändert und entfernte sich mehr und mehr vom Strand. Sie hatte den Weg durch den Inselwald eingeschlagen, passierte den Minigolfplatz und näherte sich rasch dem Hafen. In etwas mehr als einer Stunde legte die nächste Fähre zum Festland ab.

Es bestand immerhin die Möglichkeit, dass Marten sich bisher irgendwo versteckt gehalten hatte und nun einen Weg suchte, unerkannt von der Insel zu kommen. Wenn dies seine Absicht war, musste er wirklich eine Heidenwut auf seine Eltern haben.

Oder Angst, dachte Rieke. Angst war ein starkes Motiv, das oftmals dafür sorgte, dass Menschen Dinge taten, die sie im Normalfall niemals getan hätten und die sie später bereuten.

Der Junge würde sich nicht ewig auf der Insel verstecken können. An etwas anderes mochte Rieke in diesem Augenblick noch nicht denken.

Am Fähranleger traf sie auf Enno Dietz, der sie bereits von Weitem erkannt hatte. Er winkte ihr in seiner Art zu, die immer ein wenig unbeholfen wirkte.

»Gut, dass Sie kommen«, begrüßte er sie leicht aufgeregt. »Wir haben einen Taschendiebstahl in der Ladenstraße. Frau Brockmann hätte gerne, dass ich mich darum kümmere.«

»Ist in Ordnung«, erwiderte Rieke, während sie ihren Blick über die Menschen wandern ließ, die sich allmählich vor den Schifffahrtsgebäuden versammelten. In etwas weniger als einer halben Stunde würde die nächste Inselbahn eintreffen. Dann würde es auf dem Bahnsteig und vor den Hafengebäuden für einen Moment lang unübersichtlich werden.

»Ich werde unterwegs nach den beiden Vermissten Ausschau halten«, versprach Enno.

Rieke nickte ihm zu. »Alles klar.«

Es hatte den Anschein, als ob der junge Polizist noch etwas hatte loswerden wollen. Er sah seine neue Vorgesetzte an, öffnete den Mund, nur um ihn gleich wieder zu schließen. Er hatte es offenbar plötzlich eilig, sein Fahrrad zu wenden, um zum neuen Einsatzort zu gelangen.

Rieke sah ihm für einen Moment nach, bis Enno in eine Seitenstraße einbog und nicht mehr zu sehen war.

Sie stellte ihr Fahrrad ab, wandte sich zum Kiosk um, ohne dabei das zunehmende Treiben vor den Gebäuden aus den Augen zu lassen. Sie bestellte sich einen Kaffee, der ihr kurz darauf nach draußen gereicht wurde.

Vorsichtig nippte sie an dem heißen Getränk, während sie ihren Blick beiläufig schweifen ließ.

Bisher deutete nichts auf ein Verbrechen hin. Eine Frau und ihr Sohn waren verschwunden. Dafür konnte es tausend harmlose Erklärungen geben. Auch gab es bisher keine Anzeichen dafür, dass sie sich hinaus ins Watt gewagt hatten. Das gesamte Gepäck war beim Fahrradanhänger und somit bei Hajo Scholten geblieben. Mutter und Sohn konnten also kaum mehr bei sich haben als die Sachen, die sie am Leib trugen.

Während Rieke ihren Kaffee trank, näherte sich aus einiger Entfernung die Inselbahn. Die rote Diesellok flirrte leicht in der heißen Sonne. Sie machte verhaltene Geräusche, während sie sich in gemächlicher Fahrt der Haltstation näherte.

Rieke trank ihren Kaffee aus und entsorgte den Pappbecher mit Inselaufdruck in einem Abfallbehälter.

Der Zug kam zum Stehen. Noch wirkte alles ruhig. In wenigen Augenblicken jedoch würden sich nahezu zeitgleich die Türen der bunten Passagierwagen öffnen und die Reisenden auf den Bahnsteig entlassen.

Die junge Polizistin machte sich bereit. Sie drückte sich in den Schatten des Kiosks, von wo aus sie eine gute Beobachtungsposition innehatte, ohne selbst sofort gesehen zu werden.

Es war so weit. Die Türen wurden geöffnet. Sie kamen.

Nahezu sofort wurde der Bahnsteig bevölkert von geschäftigen Urlaubern. Stimmen verdichteten sich zu einem Durcheinander. Ein kleines Kind schrie, irgendwo bellte ein aufgeregter Hund. Dazwischen Rucksacktouristen. Alles drängte zu den braunen Brettergebäuden, die den Durchlass zum Fähranleger bildeten. Das Schiff selbst hatte soeben angelegt.

Rieke beobachtete den Menschenstrom, wie er sich zäh an ihr vorbeiwälzte. Mittendrin befand sich eine große Gruppe von Schülern, ihrer Einschätzung nach Sechstklässler, die von zwei unausgeschlafen wirkenden Lehrerinnen begleitet wurde. Namen wurden durcheinandergerufen. Eine der beiden Frauen unternahm einen Versuch, ihre Schützlinge zu zählen.

Rieke Voss ließ ihren Blick über die Gruppe wandern, die in diesem Moment an ihr vorbeizog. Es gab die Emsigen, die vorn gingen, laut lachend miteinander schwatzten, dann den Mitteltross, der sich ähnlich verhielt, und natürlich die obligatorischen Nachzügler, die es in jeder Gruppe gab. Ein Junge bildete den Abschluss. Er hatte seine Cap ins Gesicht gezogen und beide Hände tief in den Hosentaschen vergraben. So folgte er den anderen und bewegte sich dabei gerade so schnell, um nicht den Anschluss an die Gruppe zu verlieren.

Eine Gruppe, zu der er nicht gehörte. Rieke wusste es in der Sekunde, in der er an ihr vorbeischlenderte. Sie hatte sich dazu nicht einmal das Foto ansehen müssen, das in ihrer Tasche steckte. Sie hatte Marten gefunden!

Sie wartete einen Augenblick, bis er an ihr vorüber war. Kein Zweifel. Es war offensichtlich, was der Junge vorhatte. Er wollte sich im Schutz der Gruppe auf die Fähre schleichen.

Rieke setzte sich in Bewegung. Sie musste sich an einem älteren Ehepaar vorbeidrängen, dann beschleunigte sie ihre Schritte. Als sie Marten ansprechen wollte, drehte sich der Junge zu ihr um. Vielleicht ein Zufall, vielleicht hatte er aber auch aus seinen Augenwinkeln eine Bewegung wahrgenommen. Das Resultat war dasselbe. Aus dem Stand heraus katapultierte er sich nach vorne, rempelte dabei zwei Schüler zur Seite, die sich verdutzt und eingeschüchtert umblickten.

»Bleib stehen, Marten!«, rief Rieke dem Flüchtenden hinterher und fügte in Gedanken einen leisen Fluch hinzu. Warum hatte sie ihn nicht gleich am Haltegriff seines Rucksacks gepackt?

Der Junge lief wie ein Hase im Zickzackkurs, um den Passanten auszuweichen. Dabei legte er ein erstaunliches Tempo an den Tag, das Rieke veranlasste, alles aus sich herauszuholen.

Marten Scholten war flink wie ein Wiesel. Er entfernte sich vom Fähranleger in Richtung des Yachthafens.

Riekes Absätze hämmerten auf dem harten Untergrund.

»Marten! Bleib stehen! Ich möchte nur mit dir reden!«

Der Junge reagierte nicht. Er setzte seine Flucht unbeirrt fort.

Passanten blieben stehen, drehten sich um und versperrten Rieke die Sicht. Unsanft bahnte sie sich einen Weg durch die Menge, bis sie den Strom der Bahnreisenden endlich passiert hatte.

Wo aber steckte Marten?

Für einen schrecklichen Augenblick befürchtete sie, ihn aus den Augen verloren zu haben. Dann jedoch tauchten seine Cap und sein Rucksack am Kai des Yachthafens wieder auf. Was hatte der Junge vor?

Rieke rannte, wie sie konnte, um ihn einzuholen.

Schon hatte Marten einen langen Steg erreicht, der weit ins Wasser führte. Dort blieb er plötzlich stehen und rüttelte an einer eisernen Pforte, die jedoch verschlossen war.

Während Rieke auf ihn zurannte, riss sich Marten den Rucksack herunter und warf ihn über die Absperrung, hinter der man zu den Booten gelangte.

Zu Riekes Erstaunen sprang der Junge an der Tür hoch und hievte sich auf den Rand. Als die Kommissarin die Stelle erreichte, sprang er und landete mit einem dumpfen Laut auf der anderen Seite des Stegs.

»Marten, was soll das?«, keuchte Rieke. »Ich möchte mit dir reden, nichts weiter. Bleib stehen, okay?«

Der Junge sah sie durch die engen Maschen des Eisengitters an. Er sagte keinen Ton. Dafür sprach sein Blick Bände. Etwas Unruhiges flackerte darin. Der junge Scholten hatte Angst, das war deutlich zu sehen. Aber wovor?

Rieke registrierte, dass er nicht auf ihre Versuche, Kontakt aufzunehmen, reagieren würde.

Ihr blieb also nichts anderes übrig, als ihm zu folgen. Sie sprang an der Tür hoch, bekam die obere Kante zu fassen und schwang sich in die Höhe.

Die Augen des Jungen wurden groß. Er machte auf dem Absatz kehrt und jagte den Steg entlang, an dem die Boote festgemacht hatten.

Rieke ließ sich fallen und sprintete los, nachdem sie festen Boden unter den Füßen hatte.

Marten hatte sich in eine Sackgasse hineinmanövriert. Er befand sich jetzt am Ende des Stegs. Unter ihm gluckste das Wasser gegen die hölzernen Befestigungspoller.

Die Kommissarin verfiel in ein schnelles Gehen. Sie hielt direkt auf Marten zu, dessen Absätze jetzt direkt mit der Kante des Stegs abschlossen.

Rieke wurde langsamer, setzte jetzt nahezu vorsichtig einen Fuß vor den anderen und hob dabei beschwichtigend die Hände.

»Es ist alles gut, Marten«, sagte sie in sanftem Ton.

Der Junge schüttelte heftig den Kopf. »Nichts ist gut. Ich weiß es! Lassen Sie mich in Ruhe!«

»Das darf ich gar nicht«, sagte sie und lächelte dabei. »Dein Vater macht sich große Sorgen um dich, Marten. Komm, gib mir deine Hand, und ich bringe dich zu ihm. Einverstanden?«

Das Flackern kehrte in Martens Augen zurück. Ein wildes, ungezügeltes Feuer. Wieder schüttelte er den Kopf.

»Ich will nicht! Gehen Sie endlich weg!«

Marten hatte geschrien. Seine Worte hallten eigenartig von den Bootswänden ringsum wider.

Die Polizistin erwiderte nichts darauf. Sie wagte sich einen Schritt vor.

»Nicht weiter!«, gellte die Stimme des Jungen. »Keinen Schritt mehr oder ich springe!«

Bei Noah hätte Rieke jetzt vermutlich mit den Augen gerollt und ihm an den Kopf geworfen, dass er zu viele schlechte Filme gesehen hätte. Diese Situation hier war anders. Natürlich befand sie sich im Dienst, aber auch Marten reagierte anders. Es war keine bloße Angst mehr, die er empfand. Der Gedanke, zurück zu seinem Vater zu gelangen, schien ihn geradezu in Panik zu versetzen.

»Hör zu, Marten: Du bist doch schon ein großer Junge. Was hältst du davon, wenn wir eine Abmachung treffen? Wenn du jetzt vernünftig bist und herkommst …«

Marten sprang nicht, er ließ sich geradewegs hintenüber fallen.

Rieke Voss reagierte aus einem Reflex heraus. Sie sprang nach vorne und streckte gleichzeitig ihre rechte Hand aus. Ihre Finger verkrallten sich im Stoff seiner leichten Windjacke und zogen und zerrten daran.

Marten schrie auf, während er sich für die Dauer von zwei Sekunden in einer bedenklichen Schräglage befand. Seine Turnschuhe scharrten über den Steg, glitten mehrfach aus.

Rieke hielt den Jungen fest und zog ihn auf die Holzbohlen zurück. Dabei ignorierte sie, dass Marten nach ihr schlagen wollte und dabei gleichzeitig mit seinen Füßen austrat. Sie packte ihn bei den Schultern und zog ihn mit einer kraftvollen Bewegung wieder auf die Beine.

Noch immer wehrte Marten sich. Er schlug, biss und kratzte, doch die Kommissarin ließ dem Jungen keine Chance. Sie hielt ihn fest gepackt, bis seine Gegenwehr nach und nach erlahmte.

Marten ging in ein Wimmern über, bis er schließlich Rotz und Wasser heulte. Er erschlaffte in Riekes Griff und sank schließlich in sich zusammen. Vorsichtig gab Rieke nach und ließ den Jungen auf den Steg gleiten, nur um sich gleich darauf neben ihn zu setzen.

Er ließ es zu, dass sie ihren Arm um ihn legte.

»Weißt du«, sagte sie nach einer Weile, »ich kann dir nicht versprechen, dass alles wieder gut wird. Dazu weiß ich noch zu wenig. Aber ich verspreche dir, dass dir nichts passieren wird. Ich werde auf dich aufpassen, okay?«

Rieke hatte keine Ahnung, ob Marten den Sinn ihrer Worte begriffen hatte. Noch immer schluchzte er hemmungslos. Aber es war ein gutes Zeichen, dass er sich dabei an ihre Schulter gelehnt hatte. Es war der Moment, in dem die ganze Anspannung der letzten Stunden von ihm abfiel.

Rieke saß platt auf dem Steg und blickte auf Marten herunter. Was hatte der Junge durchgemacht? Was hatte er möglicherweise gesehen, und welches Geheimnis trug er mit sich herum?

Kapitel 11

Als Kolbe sich immer weiter in die Dünenlandschaft wagte, befand sich die Sonne bereits im Westen, über der Nordsee, wo sie einige Stunden später wie ein glutroter Ball versinken und damit ein Motiv schaffen würde, das vermutlich auch heute wieder zahlreiche Urlauber veranlasste, auf den Auslöser ihrer Kameras zu drücken.

Nur nicht hier, nicht an diesem Ort, im Naturschutzgebiet der Insel. Hier war er allein mit dem Wind, der die Halme der hohen Gräser ringsherum rascheln ließ.

Kolbe bewegte sich weiter ins Innere der Insel, suchte nach Spuren, Abdrücken, irgendwelchen Hinweisen nach dem Verbleib von Marten Scholten.

Rieke Voss' Funkspruch erreichte ihn, als er gerade dabei war, das Nest eines Austernfischers großflächig zu umgehen.

Marten war gefunden worden! Das war die gute Nachricht, neben der Tatsache natürlich, dass der Junge offenbar wohlauf war. Von seiner Mutter hingegen gab es noch keine Neuigkeiten, was für die Theorie sprach, dass die beiden nicht zusammen unterwegs gewesen waren.

Kolbe drehte sich herum. Er musste zu der Stelle zurück, an der sich die Räder befanden.

Der Wind frischte auf, raschelte durch den Dünenbewuchs und ließ die langen Halme wogen. Es war, als würden die Dünen selbst zum Leben erwachen, als flüsterten sie seinen Namen.

Etwas daran irritierte Kolbe. Er blinzelte gegen die langsam untergehende Sonne und stapfte durch den Sand, der von dem teilweise dichten Zweigwerk, den Lahnungen, am Davonwandern gehindert wurde.

Der Wind wurde so heftig, dass er an Kolbes Kleidung zu zerren begann. Mit einem Mal fröstelte der Kommissar sogar. Er schirmte seine Augen gegen das Sonnenlicht ab. Ein paar dunkle Regenwolken waren im Anflug, um die helle Scheibe am Himmel zu verdunkeln. Das Wetter schlug um.

Normalerweise kein Grund zur Besorgnis, Kolbe spürte jedoch, wie ihn eine innere Unruhe ergriff. Mit einem Mal wurde ihm bewusst, dass er seine Schritte beschleunigt hatte. Ja, er rannte fast. Gleichzeitig spürte er, wie sein Herz schneller schlug. Er zwang sich zur Ruhe, wurde langsamer.

Gleichzeitig war da jedoch etwas, das ihn immer weiter vorantrieb. So als wüsste er, dass er nicht stehen bleiben durfte.

In der Ferne war ein leises Donnergrollen zu hören. Irgendwo über dem Wasser riefen Möwen. Kolbe begann am ganzen Körper zu zittern. Verdammt, was war nur mit ihm los?

Geräusche ringsum. Hinter ihm. So als würde ihm jemand durch die Dünen folgen. Er widerstand dem Drang, sich umzudrehen.

Herrgott, wie weit war er eigentlich gelaufen?

Er war sich sicher, noch auf dem richtigen Weg zu sein. Und doch … etwas stimmte nicht. Stimmte nicht mit ihm.

Wieder ein Donnergrollen. Dieses Mal klang es bereits bedeutend näher. Der Wind trieb ihm einen ersten Regentropfen ins Gesicht. Er klatschte ihm schwer gegen die Stirn.

Flugsand wehte heran und schlug prasselnd gegen die Gräser und Zweige. Kolbe fühlte ihn auf seiner Haut, während er seinen Weg fortsetzte. Nur weiter. Er musste hier raus, ehe … ehe was geschah?

Ein Blitz zuckte durch die dunklen Wolken und schlug irgendwo in der Nähe ins Wasser.

Nur zwei Sekunden später übertönte ein gewaltiger Donnerhall die Geräuschkulisse.

Kolbe schrie auf und begann zu rennen.

Er rannte wie noch nie zuvor in seinem Leben. Er wusste nicht mehr, wie sie hierhergekommen waren oder was sie hier taten. Er wusste nur noch eines: Sie waren nicht mehr allein. Jemand ... etwas? ... war hinter ihnen her, machte Jagd auf sie. Und wenn er sie einholte, würde das schlimme Konsequenzen nach sich ziehen.

Er stolperte, schlug lang hin. Sand vermischte sich mit seinen Tränen und verklebte ihm die Augen.

Er fühlte sich von einer kräftigen Hand gepackt und in die Höhe gezogen wie eine Marionette. Jemand keuchte in seiner Nähe. Er spürte einen warmfeuchten Schwall von Atem in seinem Nacken, als seine Beine ihm endlich wieder gehorchten und er aus eigener Kraft weiterlaufen konnte.

Die Dünen waren plötzlich viel höher. Und in ihnen wisperte es böse, als würden sie höhnisch seinen Namen rufen.

Es war nahezu vollkommen dunkel um ihn herum. Wind und Regen peitschten ihm ins Gesicht. Hin und wieder wurde die Finsternis aufgerissen, wenn ein greller Blitz herabfuhr, um die See zu spalten. Er kniff die Augen zusammen, blinzelte die grellen Punkte weg, die davor tanzten.

Sie mussten weg von hier. Weg. Ehe das, was hinter ihnen her war, sie erreichte und etwas Entsetzliches mit ihnen tat.

Die dunkle, namenlose Gestalt neben ihm rannte ebenfalls. Auch sie hatte Angst, das spürte er bis hierher.

Wie weit noch? Wie lang zog sich der scheinbar endlose Weg vor ihnen noch hin? Die Dünen um ihn herum waren kaum mehr als dunkle Schatten in der Finsternis, hinter denen alles Mögliche lauern konnte. Er musste darauf vertrauen, dass die Person neben ihm den Weg kannte. Und dass ihr nichts passierte ...

Ein Geräusch hinter ihnen ließ ihn aufschreien. Ein dürrer Zweig, der unter der Last ihres Verfolgers gebrochen war.

Wieder zog ihn eine Hand zur Seite, schleppte ihn einige Meter weit fort und drückte ihn in die Düne.

Er wollte schreien, doch es gelang ihm nicht. Sein Mund hatte sich mit Sand gefüllt. Er fühlte die Panik in sich aufsteigen, ersticken zu müssen. Warum tat man ihm das an? Was taten sie überhaupt hier?

Trotz seiner Angst begriff er plötzlich, dass er still sein musste. So viel hing davon ab.

Er schloss die Augen, hielt die Luft an und betete, dass es bald vorbei sein würde. Auf seinem Hinterkopf lastete eine schwere Hand. Sie drückte ihn in den vom Regen nassen Sand.

Ein Schatten hastete in einiger Entfernung an ihnen vorbei. Jemand keuchte. Ein schweres Atmen. Dann war er vorüber.
Der Druck wich von einem Moment auf den anderen von ihm. Er stemmte sich in die Höhe und pumpte hektisch die kühle Nachtluft in seine schreienden Lungen.
Keine Zeit, um hier zu verharren. Der andere konnte ihre Finte jederzeit bemerken und zurückkehren.
Ein weiteres Mal packte ihn die Hand am Kragen seiner Jacke und zerrte ihn weiter.
Das Gewitter tobte über der Nordsee und ihren Inseln vor der Küste. Und er befand sich mittendrin. Ein Gejagter.
Sein Gesicht, seine Beine waren taub vor Kälte, wollten ihm kaum noch gehorchen. Dennoch stolperte er weiter voran, bis er den entscheidenden Schritt tat. Heraus aus den Dünen, hinaus in die Freiheit.

Kolbe stand breitbeinig auf der Straße. Vornübergebeugt versuchte er, wieder zu Atem zu kommen. Durch einen seitlichen Blick registrierte er, dass es wieder heller geworden war. Nein, korrigierte er sich sofort in Gedanken. Es war gar nicht wirklich dunkel gewesen. Nicht in der Realität, sondern in seiner Fantasie.

Er drehte sich um, blickte zurück auf die Dünen. Was war da gerade passiert? Er wusste es nicht.

Vielleicht waren seine Nerven überreizt. Vielleicht ließ sich ein Neuanfang eben doch nicht so einfach erzwingen, wie er es sich in den letzten Wochen und Monaten immer wieder vorgestellt hatte. Er wusste tief in seinem Innern, dass das nicht die Wahrheit war. Die lag irgendwo anders verborgen, aber er hatte jetzt keine Zeit, sich darum zu kümmern.

Sein Blick fiel auf die beiden Fahrräder. Sein eigenes war umgefallen und lag halb auf dem Pfad, halb in einem Gebüsch.

Dennoch beruhigte ihn dieser Anblick. Er brachte die Normalität zurück, die er jetzt dringend nötig hatte.

Kolbe trat zu dem Fahrrad hinüber und hob es auf.

Danach schnappte er sich das Rad des Jungen.

So machte er sich auf den Weg.

Kapitel 12

Zurück auf der Dienststelle, traf Kolbe im Büro seiner Vorgesetzten auch auf Rieke Voss. Die beiden Frauen bedachten ihn jedoch nur mit einem sehr kurzen Blick, denn ihre ganze Aufmerksamkeit galt Marten, der in ihrer Mitte noch immer leicht zusammengesunken auf einem Stuhl saß und eine Cola schlürfte. Dabei wirkte er leicht abwesend, so als hätte er noch nicht vollkommen registriert, wo er sich befand und was überhaupt geschehen war.

Gesa Brockmann erhob sich von ihrem Stuhl, lächelte dem Jungen aufmunternd zu und wandte sich schließlich an Kolbe.

»Sie haben das Fahrrad des Jungen aufgetrieben, wie ich hörte.«

Lauerte da in ihren Worten ein kleiner, versteckter Vorwurf? Kolbe versuchte, sofern da einer gewesen war, ihn zu überhören, und fragte stattdessen: »Was ist mit dem Vater des Jungen?«

Gesa Brockmann zog ihn einen Meter weiter beiseite und drosselte ihre Lautstärke. »Enno hat ihn bereits verständigt. Er ist auf dem Weg hierher. Wir haben uns extra etwas Zeit gelassen, damit Sie beide in Ruhe mit dem Jungen sprechen können. Ohne dass er, Sie wissen schon, voreingenommen ist.«

»Verstehe«, antwortete Kolbe knapp und nickte ihr zu.

»Ich lotse Scholten gleich ins Verhörzimmer, sobald er da ist«, raunte Gesa Brockmann ihm zu, warf Marten noch einen nachdenklichen Blick zu und wandte sich dann Richtung Empfangstresen, wo Enno Dietz gerade eben wieder eingetroffen war.

Kolbe drehte sich herum, schnappte sich einen freien Stuhl und setzte sich verkehrt herum auf die Sitzfläche, sodass er seine Arme auf der Rückenlehne ablegen konnte.

»Na, Sportsfreund?«, eröffnete er in kumpelhaftem Ton das Gespräch.

Marten Scholten nahm kaum Notiz von dem Polizisten. Seine einzige Reaktion bestand darin, mit dem Strohhalm ein schlürfendes Geräusch in seiner Flasche zu erzeugen.

Kolbe tauschte einen kurzen Blick mit Rieke Voss, die kaum merklich den Kopf schüttelte.

Sie strich dem Jungen durch das Haar und nahm ihm vorsichtig die leere Flasche aus der Hand. »Geht es dir jetzt ein bisschen besser?«

Marten ließ einem Rülpser freien Lauf und nickte. »Jetzt ja.«

»Große Klasse«, erwiderte Rieke lachend. »Du musst ja halb verdurstet gewesen sein.«

Der Junge schielte auf den Kühlschrank neben dem Durchgang zum Korridor. »Kann ich noch eine?«

»Klar«, erwiderte Rieke. Sie wandte ihren Blick und gab Kolbe ein Zeichen.

»Ich mach schon«, sagte er, stand auf und öffnete die Glastür des Kühlschranks. »Bist du sicher, dass du nicht lieber ein Wasser willst oder wenigstens eine Apfelschorle?«

Wieder der warnende Blick seiner Kollegin, wieder das Kopfschütteln, beides eine Spur energischer als noch zuvor.

Kolbe hob beschwichtigend die Arme und angelte eine weitere Flasche mit koffeinhaltiger Limonade aus dem Schrank.

Er öffnete sie mit dem Flaschenöffner, der mit einer langen Schnur am Schrank befestigt war.

Wortlos reichte er dem Jungen seine Limonade.

Marten wechselte den Strohhalm in die neue Flasche und nahm einen kräftigen Zug.

Kolbe und Voss warteten geduldig ab und vermieden es dabei, sich anzusehen.

Marten setzte die Flasche ab. Auf seinem geröteten Gesicht zeigte sich nun tatsächlich so etwas wie ein zufriedener Ausdruck.

»Glaubst du, dass du uns nun ein paar Fragen beantworten kannst?«, fragte Rieke. Sie hatte sich auf ihrem Bürostuhl ein wenig zu dem Jungen heruntergebeugt, um mit ihm auf gleicher Höhe zu sein.

Zu Kolbes Überraschung nickte der Junge. Genau wie die Erwachsene hatte er es bisher vermieden, ihn anzusehen.

Marten starrte auf einen Punkt am Boden, der sich irgendwo zwischen seinen Turnschuhen befand.

»Großartig«, kommentierte Rieke und bemühte sich, dem Jungen in die Augen zu sehen. »Magst du mir ein bisschen davon erzählen, warum du heute Morgen einfach so weggefahren bist?«

»Das war nicht einfach so«, antwortete Marten leise.

»Aha«, machte Rieke staunend, so als sei sie das kleine Dummerchen in dem Spiel, das sie gerade gestartet hatte. »Dann sag mir doch mal, wie es wirklich gewesen ist. Schaffst du das?«

»Bin ja kein Blödmann«, entgegnete der Junge. »Ich wusste, dass Mama nicht mehr wiederkommt.«

»Okay. Du wusstest, dass sie nicht mit deinem Vater und dir die Insel verlassen wollte?«

Marten schüttelte den Kopf. »Nein. Als mein … mein Vater reingegangen ist und so lange gebraucht hat, da wusste ich es plötzlich. Einfach so.«

»Du meinst, du hattest so eine Ahnung?«

Kopfnicken.

»So etwas habe ich auch manchmal«, erklärte Rieke. »Oft weiß man selbst nicht, woher das kommt.«

Allerdings, dachte Kolbe und musste sich zusammenreißen, um nicht an sein beängstigendes Erlebnis in den Dünen zu denken.

»Marten, ich muss dich jetzt mal was fragen und ich bitte dich, ganz ehrlich zu sein. Es ist nämlich wichtig, weißt du?« Rieke hatte es nicht nur geschafft, dass der Junge sie ansah, sie hatte ihm sogar ein weiteres Nicken entlockt.

»Weißt du, wo deine Mutter im Augenblick ist?«

Er schüttelte den Kopf.

»Du hast keine Ahnung, wohin sie gegangen sein könnte, nachdem sie euer Ferienhaus verlassen hat?«

»Nein. Ich weiß nur, dass sie nicht mehr wiederkommen wird. Nie mehr!« Marten fing an zu weinen.

Kolbe und Voss warfen sich einen Blick zu, der auf beiden Seiten eine Spur Beunruhigung enthielt.

Die blonde Kommissarin rollte mit ihrem Stuhl näher an den Jungen heran und nahm ihn in den Arm. Er ließ es geschehen.
»Was, glaubst du, ist mit deiner Mutter passiert?«
Marten, dem es offenbar peinlich war, in Kolbes Gegenwart Tränen zu vergießen, wischte sich mit den Ärmeln seines T-Shirts die Augen trocken. Dann zuckte er mit den Schultern.
»Ich weiß es nicht. Aber es muss etwas Schlimmes sein, denn sonst hätte sie mich nie allein gelassen.«
Kolbe kratzte sich mit dem Daumennagel am Kinn. In seinem Magen breitete sich ein ungutes Gefühl aus. Der Junge hatte das ausgesprochen, was er, vielleicht auch seine Kollegin, im Stillen gedacht, befürchtet hatte.
»Warum bist du nicht bei deinem Vater geblieben?«, schaltete er sich nun in das Gespräch ein.
Marten hob den Kopf. Für einen Augenblick starrte er zwischen Kolbe und Rieke Voss hindurch. Seine Lippen zitterten leicht.
»Ich hatte Angst«, flüsterte er. Das Sprechen fiel ihm sichtlich schwer.
»Das ist keine Schande«, sagte Kolbe vorsichtig. »Wovor hattest du Angst?«
»Dass mein Vater … dass er sich wieder so aufregt.«
»Streiten sich dein Vater und deine Mutter oft?«, fragte Rieke.
Marten nickte. »Immer. Fast jeden Tag.«
»Haben sie sich auch heute Morgen gestritten? Oder gestern Abend?«
Der Junge überlegte. Um Zeit zu überbrücken, saugte er an dem langen gelben Strohhalm und trank. Dann schüttelte er den Kopf.
»Was tut dein Vater, wenn er sich aufregt, Marten?«, hakte Kolbe nach. Er hatte am Handgelenk des Jungen einen grüngelben Fleck bemerkt, der seiner Einschätzung nach drei oder vier Tage alt war. Der konnte natürlich von allem Möglichen stammen, doch Kolbe wollte auf Nummer sicher gehen.

»Er brüllt«, sagte der Junge. »Meistens trinkt er Alkohol. Und manchmal …«

»Manchmal was?«

Marten zuckte mit den Achseln. »Manchmal schlägt er auch.«

»Er schlägt deine Mutter?«, fragte Rieke.

Das darauffolgende Kopfschütteln des Jungen verstärkte nicht nur Kolbes Unwohlsein, sondern schürte eine Welle von Wut auf Hajo Scholten. Den Mann, der von Enno Dietz hereingelassen und den Korridor entlanggeführt wurde.

»Ich glaube, wir haben dich jetzt genug geärgert«, sagte Rieke in bemüht freundlichem Ton. »Was hältst du davon, wenn du hier noch in Ruhe deine Cola austrinkst? Vielleicht spielt Enno noch eine Partie Karten mit dir.«

Rieke hatte absichtlich lauter gesprochen, sodass der junge Polizist die Worte auf jeden Fall mitbekam. Nur wenige Sekunden später steckte er seinen Kopf zur Tür herein.

Kolbe und Voss erhoben sich gleichzeitig von ihren Stühlen.

»Scholten ist nebenan«, raunte ihnen Enno zu, der mit dem Daumen seiner linken Hand Richtung Vernehmungszimmer deutete.

»Danke, Enno«, erwiderte Rieke. Sie verließen das Büro und traten auf den Korridor hinaus.

»Was halten Sie von dieser Sache?«, fragte Rieke.

»Oh. Sie sind an meiner Meinung interessiert?«

Sie presste ihre Lippen aufeinander. »Können wir diesen Kleinkrieg vielleicht mal für einen Moment beiseitelassen?«

Kolbe breitete die Hände aus. »Bin der Erste, der dafür ist.«

Die Worte schienen die Blonde ein wenig zu besänftigen.

»Also gut«, begann Kolbe, der seine Stimme zu einem Raunen gesenkt hatte. »Ich denke, in der Scholten-Ehe liegt einiges im Argen. Als ich das Foto von Marianne Scholten gesehen habe, hab ich mich gleich gefragt, wie ein Mann wie Scholten an so eine Frau kommt.«

»Sie glauben, dass sie ihn betrügt?«

»Hundertprozentig.«

»Halte ich auch für wahrscheinlich. Aber was ist mit seiner Frau? Wo steckt sie? Ich glaube nicht, dass der Junge weiß, wo sie ist.«

Kolbe blickte nachdenklich zur offenen Bürotür zurück. »Da gibt es noch irgendetwas, das wir noch nicht wissen.«

Rieke deutete zur Tür des Vernehmungszimmers. »Scholten weiß ganz sicher mehr, als er uns bisher verraten hat.«

»Dann sollten wir dem treu sorgenden Familienvater mal ein bisschen stärker auf den Zahn fühlen.«

Rieke Voss nickte knapp. Sie wandte sich der Tür zum Vernehmungszimmer zu und öffnete.

Kapitel 13

»Marten?«

Hajo Scholten schoss von seinem Stuhl in die Höhe. »Sie haben ihn gefunden? Wo ist er? Ich will sofort zu meinem Sohn!«

Kolbe hob die Hände und bedeutete dem Mann, sich wieder zu setzen.

»Sie können gleich zu ihm. Nachdem Sie uns ein paar Fragen beantwortet haben.«

Scholten blinzelte. »Fragen? Was denn für Fragen? Ich habe Ihnen doch schon alles gesagt, was ich weiß.«

»Sehen Sie?«, erwiderte Kolbe. »Und genau an diesem Punkt kommen mir gerade ein paar Zweifel.« Er zog sich einen Stuhl heran und setzte sich. Dabei lächelte er den Mann auf der anderen Seite des Tisches an. »Aber ich bin sicher, dass Sie die ganz leicht zerstreuen können.«

»Ich weiß nicht, was das soll«, murmelte Scholten, der offenbar bemüht war, auf dem einfachen Stuhl eine halbwegs bequeme Sitzposition einzunehmen. »Ich komme mir vor wie auf einer Anklagebank. Ich meine ... warum kann ich meinen Sohn nicht sehen. Was ...?«

»Es geht ihm gut, Herr Scholten«, schnitt Rieke ihm das Wort ab. »Er ist nebenan, trinkt Cola und spielt mit unserem Kollegen Karten.«

Scholten schien keineswegs beruhigt, aber immerhin fügte er sich in sein Schicksal. Mit einer matten Bewegung fuhr er sich über das Gesicht. »Also schön. Fragen Sie schon, damit wir hier weiterkommen.«

»Wir haben Ihren Sohn aufgegriffen, als er die Insel mit der Fähre verlassen wollte«, erklärte Kolbe. »Als Grund für sein Weglaufen nannte er uns Angst. Angst vor Ihnen, Herr Scholten.«

Der Angesprochene riss die Augen auf. Mit einem Mal wirkte die Müdigkeit in seinem Gesicht wie weggefegt. »Was? Das hat er gesagt? Ja, wie kommt er denn dazu?«

»Wir hatten gehofft, dass Sie uns eine Erklärung dafür liefern können«, warf Rieke Voss ein.

Scholten stützte die Ellenbogen auf der Tischplatte auf und legte seine Hände mit den Fingerspitzen aneinander. Für einen Moment hatte er den Kopf gesenkt. Offenbar benötigte der Mann Zeit, sich zu sammeln.

»Herr Scholten?«, half Rieke nach.

Der Mann auf dem Stuhl hob den Kopf und blickte die beiden Beamten nacheinander an.

»Meine Frau und ich hatten in letzter Zeit häufig Streit. Das ist nichts Neues. Das habe ich Ihnen heute Nachmittag bereits erzählt.«

»Richtig«, pflichtete Kolbe bei. »Was Sie uns dabei allerdings verschwiegen haben, ist, dass Sie offenbar bei diesen Streitigkeiten hin und wieder zu Gewalttätigkeiten neigen.«

Scholten stieß ein heiseres Lachen aus. »Das hat Ihnen Marten erzählt, ja? Natürlich. War ja klar, dass der Junge zu seiner Mutter hält.«

»Dann ist an seinen Worten also nichts dran?«, wollte Rieke wissen.

Für ein paar Sekunden schwieg Scholten. Er schien sich seine Worte genau zurechtlegen zu wollen.

»Marten ist … der Junge neigt hin und wieder zu Übertreibungen. Er hat eine lebhafte Fantasie. Bedenken Sie bitte, dass er zehn Jahre alt ist. Er ist überhaupt nicht in der Lage, einen Streit zwischen zwei Ehepartnern richtig einzuordnen.«

»Aber er ist in der Lage, die Schläge seines Vaters richtig zu beurteilen«, schoss es aus Rieke Voss heraus.

Kolbe versuchte, Blickkontakt mit seiner Kollegin aufzunehmen, doch sie starrte stur ihr Gegenüber an.

»Diesen Ton muss ich mir nicht gefallen lassen«, konterte Scholten. Wieder war er kurz davor, von seinem Stuhl aufzuspringen.

»Herr Scholten«, sagte Kolbe in sachlichem Ton, »wir versuchen noch immer herauszufinden, was mit Ihrer Frau geschehen ist. Wir haben nach wie vor keinen Anhaltspunkt, wo sie sich im Augenblick aufhalten könnte.«

Scholten zuckte mit den Schultern. »Denken Sie, ich vielleicht?«

»Um ehrlich zu sein: ja!«

Scholtens Blick begann zu flackern und zwischen den beiden Beamten hin und her zu irren. »Was soll das? Ich komme mir hier vor wie auf einer Anklagebank. Wollen Sie am Ende etwa noch behaupten, ich hätte das Verschwinden meiner Frau selbst inszeniert, nur weil sie … weil sie …« Er brach ab. Ein langgezogenes Stöhnen drang aus seiner Brust.

»Weil sie Sie betrogen hat?«, fragte Kolbe vorsichtig.

Der zu erwartende Wutausbruch des Mannes gegenüber blieb aus. Stattdessen vergrub er sein Gesicht in den Händen.

Als er sie herunternahm, war die Fassade seiner ohnehin nur zur Schau gestellten Souveränität in sich zusammengestürzt.

»Ja, es ist wahr«, antwortete er nach einer ganzen Weile. »Marianne hat mich betrogen. Nicht nur einmal, sondern … oft.«

Kolbe nickte. »Auch hier auf der Insel?«

Scholten sah den Kommissar an, als sei er gerade aus einem Traum aufgewacht. »Hier auf … auf Langeoog?«

»Wäre das so unwahrscheinlich?«, gab Kolbe zu bedenken. »Soweit ich weiß, verbringen Sie seit mehreren Jahren Ihren Urlaub auf Langeoog. Es ist doch immerhin denkbar, dass Ihre Frau in der Zeit gewisse … Bekanntschaften geschlossen hat.«

»Bekanntschaften«, wiederholte Scholten leise. Er ließ ein leises Lachen folgen. Er nahm die Hände herunter und legte sie nebeneinander auf die Tischplatte.

»Unsere Ehe ist vielleicht nicht die beste, das mag sein. Und ja, meine Frau und ich haben oft wegen ihrer … Bekanntschaften gestritten. Heftig gestritten. Ich … ich konnte mich einfach nicht damit abfinden, dass sie so ist, wie sie ist.«

»Wie genau ist sie denn?«, hakte Rieke nach.

»Lebenshungrig«, kam es zurück. Ohne zu überlegen, hatte Scholten dieses Wort benutzt. Und vielleicht musste er gar nicht mehr sagen. Er unternahm dennoch einen Erklärungsversuch.

»Marianne liebt das Leben. Vor allem die angenehmen Seiten. Möglichst viel und möglichst intensiv. Sie hat einen … einen großen Freundeskreis in Köln. Leute vom Fernsehen, von der High Society, darunter ziemlich einflussreiche Leute. Spendable Leute, wenn Sie verstehen, was ich meine.«

»Sie wollen damit sagen, Sie waren oder sind auf das Geld dieser Leute angewiesen?«, half Kolbe nach.

Scholten wand sich auf seinem Stuhl. Dann nickte er. »Sagen wir so, es hat uns geholfen, unsere Auszeiten auf der Insel zu finanzieren. Ich schäme mich, Ihnen das einzugestehen. Es muss Ihnen doch zeigen, dass mit mir nicht viel los ist. Weder als Ehemann noch als Vater.«

»Wir sind nicht hier, um das zu beurteilen«, erklärte der Kommissar vorsichtig. Er beugte sich leicht nach vorn und senkte seine Stimme einen Deut, als er weitersprach. »Es ist also nicht ausgeschlossen, dass es auch hier auf der Insel zwischen Ihrer Frau und gewissen Herren zu gelegentlichen Treffen kam?«

Scholten fuhr sich mit der Zunge über die Lippen.

Rieke Voss griff nach der Wasserflasche und einem Glas vom Nebentisch. Sie schenkte ihm das Glas halb voll und reichte es Scholten hin.

Er griff danach, setzte es an seine Lippen und trank gierig. Als er das Glas absetzte, wirke er abgeklärter, gefasster.

»So wie die Dinge liegen, muss ich wohl davon ausgehen, dass sie ihre freien Abende am Wochenende anders genutzt hat, als sie es mir gesagt hat.«

»Ihre freien Abende?«, hakte Rieke nach. »Wie ist das genau zu verstehen?«

»Naja, was gibt es denn daran nicht zu verstehen? Ich … ich bin bei Weitem nicht so unternehmungslustig und aktiv wie meine Frau. Sicher, wir gehen manchmal zusammen essen und mitunter auch ins Kino. Aber … darüber hinaus …« Er vollführte mit seinen Händen eine hilflose Bewegung.

»Verstehe«, sagte Kolbe. »Herr Scholten, haben Sie eine Ahnung, mit wem sich Ihre Frau getroffen haben könnte?«
»Nein.«
»Bitte antworten Sie nicht zu schnell. Denken Sie nach. Es könnte sehr wichtig sein.«
»Ich habe mir doch schon das Hirn darüber zermartert. Aber ich weiß nichts. Ich kenne kaum jemanden hier. Und ich weiß nicht, mit wem sich Marianne abgegeben haben könnte. Ich habe nichts von alledem mitbekommen.«
»Was hat Ihnen Ihre Frau denn gesagt, wohin sie gehen wollte, wenn sie das Haus allein verlassen hat?«
»Sie hat eine Frau kennengelernt. An der Bar. Ich glaube, ihr Name ist Böhle. Nicole Böhle. Sie war mit ihrem Mann da. Wir haben uns eine Weile unterhalten. Marianne und diese Böhle schienen sich auf Anhieb gut zu verstehen.«
»So gut, dass die beiden im Folgenden zusammen ausgegangen sind?«, fragte Rieke Voss.
»Ja«, presste Scholten hervor. Dann schien ihm etwas einzufallen. »Verstehen Sie mich recht: Ich liebe meine Frau und ich würde … ich würde fast alles für sie tun. Aber in solchen gesellschaftlichen Dingen ist sie mir einfach überlegen. Ich fühle mich nun mal nicht besonders wohl in Gesellschaft anderer.«
»Schon in Ordnung, Herr Scholten«, beschwichtigte Kolbe. »Sie haben nicht zufällig eine Telefonnummer dieser Frau Böhle oder wissen, wo man sie erreichen kann?«
»Nein, bedaure. Sie … sie hat es uns erzählt an dem Abend, an dem wir uns trafen. Aber ich habe nicht so genau hingehört. Es tut mir leid.«
»Ich denke, das war es fürs Erste, Herr Scholten«, fasste Kolbe nach einem kurzen Seitenblick zu seiner Kollegin zusammen. »Ich muss Sie allerdings bitten, uns Ihre Kontaktdaten zu hinterlegen, für den Fall, dass Sie vorhaben sollten, die Insel zu verlassen.«
Scholten nickte abwesend. »Marten und ich können noch für eine Nacht in dem Ferienhaus unterkommen. Morgen

allerdings werden wir wohl aufs Festland ausweichen müssen, weil auf der Insel keine Unterkunft mehr zu bekommen ist.«

»In Ordnung. Wir melden uns bei Ihnen, sollten wir etwas in Erfahrung bringen.«

Scholten nickte matt. »Kann ich jetzt zu meinem Jungen?«

Die beiden neuen Inselkommissare ließen Scholten gehen. Als er das Vernehmungszimmer verließ, wirkte er wie ein gebrochener Mann. Vermutlich war er das bereits seit längerer Zeit, aber jetzt zeigte er es unverhohlen.

Kolbe und Voss blickten ihm nach, wie er zusammen mit Marten den Korridor hinunterwanderte und die Dienststelle kurze Zeit später verließ.

»Inselbekanntschaften«, bemerkte Rieke. »Auch das noch. Ich habe das Gefühl, die Sache weitet sich immer mehr aus.«

Diese Befürchtung teilte Kolbe. Zu diesem Zeitpunkt ahnte noch keiner von ihnen, dass sie nur allzu berechtigt war.

Kapitel 14

Der weiß getünchte Strandbungalow lag wie in einem Dornröschenschlaf verborgen. Er war umzingelt von Hagebuttensträuchern, deren reife Früchte einen schweren, süßlichen Duft verbreiteten.

An der eisernen Eingangspforte befand sich ein halbhoher Mast, an dem ein Windspiel leise und irgendwie unheimliche Laute verbreitete.

Kolbe und Rieke Voss hatten ihre Fahrräder vor dem Zaun abgestellt und folgten einem schmalen, von Unkraut überwucherten Plattenweg bis zum Hauseingang.

Der Kommissar betätigte den Klingelknopf. Es dauerte eine Weile, bis sich im Innern etwas rührte. Das Geräusch von gedämpften Schritten war zu hören. Ein Schatten näherte sich hinter der mattgläsernen Tür, er bekam erst im letzten Moment menschliche Konturen.

Die Tür öffnete sich, ein Mann tauchte auf der Schwelle auf und blinzelte sie gegen die tief stehende Sonne an.

Er war schätzungsweise Mitte fünfzig und sein dunkles Haar zeigte bereits graue Streifen, die es wie Spinnenweben durchzogen. Er trug eine dunkle Anzugshose und ein blütenweißes Hemd, der Kragen noch geöffnet. Darum schlängelte sich eine ungebundene Krawatte. Keine Schuhe, nur schwarze Socken.

»Ja, bitte?«

»Ich bin Kriminalkommissar Kolbe, dies hier ist meine Kollegin Frau Voss. Wir hätten gerne kurz mit Frau Böhle gesprochen.«

Wieder Blinzeln.

»Polizei? Ist etwas passiert?«

»Wir würden nur gern mit Ihrer Frau sprechen«, beharrte Kolbe. »Ist sie da?«

Böhle wusste offenbar für einen Moment nicht, was er sagen sollte. Er presste seine Lippen aufeinander und sah die beiden Beamten vor der Tür abwechselnd an. Dann löste er sich vom Türrahmen.

»Einen Augenblick, bitte.«

Der Mann wandte sich ab und verschwand im Hausflur.

Die Haustür wollte hinter ihm ins Schloss fallen. Kolbe setzte geistesgegenwärtig einen Fuß dazwischen.

Irgendwo im Haus lief ein Föhn.

Böhle klopfte im Innern gegen eine Tür.

»Nicole?«

Sekunden vergingen. Danach war ein erneutes Klopfen zu hören, dieses Mal energischer.

»Nicole! Hier sind zwei von der Polizei, die dich sprechen wollen.«

Der Föhn wurde abgestellt. Eine Tür wurde geöffnet.

Kolbe und Voss hörten, wie die Böhles im Flur vor dem Badezimmer miteinander tuschelten.

Kurz darauf näherten sich erneut Schritte. Dieses Mal wurden die Geräusche von High Heels erzeugt.

Als die Tür weiter geöffnet wurde, fielen die Blicke der Beamten auf eine hochgewachsene Frau im dunklen, schulterfreien Abendkleid. Sie besaß ausgeprägte Wangenknochen und dunkelblonde, fein gelockte Haare, die ihren Kopf wie eine Haube umschlossen. In ihren kräftigen Händen hielt sie einen goldenen Lippenstift.

»Mein Name ist Nicole Böhle. Ich hörte, Sie wollten mich sprechen?«

Kolbe versuchte, einen Blick an der Frau vorbei ins Innere des Hauses zu werfen.

»Könnten wir das vielleicht drinnen erledigen?«

Auf Nicole Böhles Gesicht entstand ein fragender Ausdruck, der zugleich eine Spur von Neugier zur Schau stellte. Sie trat einen Schritt zur Seite und vollführte eine einladende Handbewegung.

»Bitte, kommen Sie herein. Ich hoffe nur, es dauert nicht zu lange.«

»Wir werden Sie sicher nicht länger als nötig aufhalten«, gab Kolbe zurück und trat hinter der Frau in den engen Flur.

Rieke Voss folgte ihm und schloss die Tür.

Sie wurden in ein geräumiges Wohnzimmer geführt, in dem ein Bügelbrett aufgestellt war. Das dazugehörige Eisen war noch heiß. Auf den Lehnen der Möbel waren Kleidungsstücke verteilt. Überhaupt wirkte der gesamte Raum unaufgeräumt. Auf dem Couchtisch befand sich eine halbvolle Flasche Wein. Mehrere Gläser verteilten sich im Raum, einige von ihnen noch mit einem Rest dunkler Flüssigkeit gefüllt.

»Sie müssen entschuldigen«, sagte Nicole Böhle, »wir hatten über Tag Gäste und sind noch nicht zum Aufräumen gekommen. Worum geht es denn?«

Sie raffte ein helles Damentop und einen Gürtel beiseite und bot den Beamten einen Platz an.

Kolbe und Voss setzten sich, während sich aus dem Hintergrund Schritte näherten. Böhle tauchte in der Tür zum Wohnzimmer auf. Er nestelte noch immer an seiner Krawatte herum.

»Darf man mal erfahren, was los ist?«

Kolbe blickte ihn nur kurz an und wandte sich dann demonstrativ wieder Frau Böhle zu.

Sie hatte ihr Kleid gestrafft und sich auf die Kante der Couch gesetzt. Mit ihren großen, wasserblauen Augen sah sie die beiden Besucher aufmerksam an.

Als ihr Mann mit einer murmelnden Bemerkung im Flur verschwunden war, nahm Kolbe das Gespräch wieder auf.

»Es geht uns um Marianne Scholten. Sie ist seit heute Mittag verschwunden.«

Auf Nicole Böhles Gesicht entstand ein fragender Ausdruck. Sie zog ihre rechte Augenbraue hoch.

Kolbe machte sie mit einigen relevanten Einzelheiten des Scholten-Falls vertraut. Als er geendet hatte, machte sie ein betroffenes Gesicht. Es war, als wäre etwas von der dünnen Schicht ihrer Fassade heruntergebröckelt.

Aus dem Nebenraum waren leise Stimmen und Musik zu hören. Ein Fernseher war eingeschaltet worden. Niemand von ihnen beachtete die Geräusche.

»Marianne ist verschwunden«, wiederholte Nicole Böhle leise, so als müsse sie die Neuigkeiten erst aus ihrem eigenen Mund hören, um sie zu begreifen. Sie hob den Kopf und sah Kolbe ernst an. »Und wie kommen Sie dabei auf mich?« Sofort hob sie abwehrend die rechte Hand.

»Sagen Sie nichts. Ihr Mann hat meinen Namen erwähnt, richtig?«

»Ja«, antwortete Kolbe knapp.

»Dachte ich mir schon. Wir haben die Scholtens hier im Urlaub kennengelernt. Am Strand, um genau zu sein. Wir haben uns gut miteinander verstanden. Naja, eher mit ihr, um genau zu sein.«

»Mit Hajo Scholten nicht?«, warf Rieke Voss ein.

Nicole Böhle winkte ab. »Scholten scheint ein Mann zu sein, der in seiner eigenen Welt lebt. Er hat sich kaum am Gespräch beteiligt. Auch später nicht, als wir noch zusammen essen waren.«

»Hatten Sie den Eindruck, die Scholtens hätten Streit miteinander gehabt?«, wollte Kolbe wissen.

Sie schüttelte den Kopf. »Nein, eigentlich nicht. Ich habe mich nur gefragt, was eine Frau wie sie mit so einem Mann anfängt. Ich meine … ich will ihm ja nicht zu nahe treten … aber er erfüllt ja nun wirklich jedes Klischee eines absoluten Langweilers.«

Im Hintergrund, vermutlich in einem der Nebenzimmer, war Herr Böhle zu hören, wie er auf und ab ging. Mittlerweile trug er offensichtlich Schuhe.

»Wir glauben nicht, dass Frau Scholten die Insel verlassen hat«, erklärte Rieke Voss, die sich auf ihrem Stuhl ein Stück weit nach vorne gebeugt hatte. »Wir suchen daher nach Personen, die während des Urlaubaufenthaltes der Scholtens hier auf der Insel Kontakt zu Marianne Scholten hatten.«

»Wir glauben, dass sie bei einer dieser Personen untergekommen sein könnte«, ergänzte Kolbe.

Nicole Böhle zuckte mit den Schultern. »Das ist natürlich denkbar, aber … um ehrlich zu sein … so gut kenne ich

Marianne Scholten nun auch wieder nicht. Bei uns hat sie sich jedenfalls nicht gemeldet.«

Kolbe nickte. Das entsprach ihren bisherigen Ermittlungsergebnissen. Gesa Brockmann und Enno Dietz hatten eine Auswertung der Mobilfunkdaten angefordert und erhalten. Demnach war Marianne Scholtens Handy das letzte Mal in der vergangenen Nacht im Netz eingebucht gewesen. Seitdem war es ausgeschaltet.

Böhles Schritte hallten durch den Flur. Offenbar bewegte sich der Mann in Richtung des Bads. Eine Tür schlug leise zu.

Nicole Böhle beugte sich leicht nach vorne. »Möglicherweise ist aber etwas anderes interessant für Sie«, flüsterte sie.

»Schießen Sie los«, sagte Kolbe.

Die schlanke Frau auf der Couch drosselte ihren Gesprächston, als sie weitersprach. Dabei wanderte ihr Blick immer wieder zur offenen Wohnzimmertür, die einen Blick in den Hausflur gewährte.

»Ich weiß natürlich, dass Marianne Scholten diverse Kontakte auf der Insel hat. Ich schätze, ihr Mann, der arme Trottel, hat davon nicht die geringste Ahnung. Egal. Marianne bat mich jedenfalls darum, ihr gewissermaßen ein Alibi zu geben, wenn sie abends ausgegangen ist.«

»Ihr Mann durfte also nichts davon wissen«, fasste Kolbe zusammen.

Nicole Böhle nickte. »Nun ja, Marianne hat ihrem Mann gesagt, dass sie mit mir ausgegangen ist. An eine der Strandbars.«

»Und Sie haben ihr dieses Alibi gegeben?«

Sie zuckte mit den Achseln. »Ich sah keinen Grund, es nicht zu tun. Ich meine, Marianne ist nun mal unternehmungslustig. So eine können sie nicht zu Hause einsperren. Da würde sie eingehen.«

»Das bedeutet also, dass Sie beide an diesen Abenden gar nicht zusammen waren?«, fragte Rieke Voss.

Wieder ein Blick zur Tür. »Doch. Wir waren zusammen. Allerdings nicht im Restaurant oder in der Bar, sondern … auf einer Privatparty.«

Voss und Kolbe tauschten einen kurzen, unauffälligen Blick miteinander.

»Was haben wir uns darunter vorzustellen?«, fragte Rieke. »Und warum durfte Hajo Scholten nichts von dieser Party wissen?«

»Es war nicht nur eine Party, sondern mehrere«, antwortete Nicole Böhle. »Marianne ist da hingegangen, um sich zu amüsieren, Sie verstehen?«

»Tut man das nicht für gewöhnlich immer, wenn man auf eine Party geht?« Kolbe zuckte hilflos mit den Schultern, suchte kurz den Blickkontakt zu seiner neuen Kollegin.

»Natürlich«, räumte die Frau auf der Couch ein. »Aber Marianne ist da anders. Sie genießt so einen Abend mit vollem Einsatz, wenn Sie verstehen, was ich meine.«

»Tut mir leid«, erwiderte Kolbe mit leicht gereiztem Unterton, »ich habe keine Ahnung, was …«

»Sie sprechen von Sex?«, warf Rieke Voss ein.

Nicole Böhle wich dem Blick der Kommissarin zunächst aus, was bereits Antwort genug gewesen wäre.

»Was genau in dem Hinterzimmer gelaufen ist, weiß ich nicht. Ich war schließlich nicht dabei. Mein Mann und ich haben uns mit den anderen unterhalten. Es gab Musik auf der Terrasse, außerdem gutes Essen und Wein. Wie gesagt, es waren zwei sehr gesellige Abende, und Marianne hat jeden Augenblick davon ausgekostet.«

»Die letzte dieser Partys war gestern Abend?«, fragte Kolbe. Sie nickte.

»Und haben Sie bei dieser Gelegenheit vielleicht etwas beobachtet, was Marianne Scholten betrifft? Hat sie sich vielleicht mit jemandem im Besonderen abgegeben?«

»Nein«, antwortete Nicole Böhle, während sie mit den Fingern ihrer rechten Hand vorsichtig über ihre Frisur tastete. In der anderen hielt sie noch immer den goldenen Lippenstift. Sie lächelte, als sie Kolbes Blick bemerkte.

»Sie müssen entschuldigen, Herr Kommissar, aber ich habe gestern Abend sehr wenig mit Marianne gesprochen, weil ich sie kaum gesehen habe.«

»Das Nebenzimmer«, bemerkte Kolbe.

Sie machte eine ausweichende Handbewegung.

»Ich fürchte, das ist schon alles, was ich Ihnen dazu sagen kann. Wenn Sie mich jetzt entschuldigen wollen?« Sie hob den Lippenstift in die Höhe. »Ich würde mich nämlich gerne noch fertig machen.«

»Einen Augenblick noch«, mahnte der Kommissar. »Sie haben vergessen, uns den Namen des Gastgebers zu verraten. Es war doch immer derselbe, nehme ich an?«

Sie lächelte. »Ich habe es keineswegs vergessen, Herr Kommissar. Sie haben mich bisher nur nicht danach gefragt. Der Name unseres Gastgebers ist Doktor Wilhelm Sartorius.«

Kolbe musste sich beherrschen, um nicht zusammenzuzucken. Der Name wirkte auf ihn wie ein Schlag ins Gesicht. Dabei hatte er ihn noch nie zuvor im Leben gehört.

Oder vielleicht doch?

Kapitel 15

Es dunkelt langsam. Endlich.

Er hat diesen Zeitpunkt herbeigesehnt, schon über Stunden hinweg. Einfach nur dazusitzen, nichts zu tun, außer stur auf den Fernsehapparat zu starren und dabei doch das bunte Geflimmer nicht zu verfolgen, sondern an den Fingernägeln zu nagen, bis die Haut darunter brennt, so wie er es als Kind schon getan hat, wenn er nervös war oder Ärger bevorstand.

Dabei muss man ja verrückt werden!

Er steht auf, schaltet den Fernseher direkt am Apparat aus, da die Batterien der Fernbedienung schon seit Tagen leer sind. Es ist zwar noch immer warm, dennoch nimmt er seine Jacke von der Stuhllehne und wirft sie sich über den linken Arm. Er tritt in den Hausflur, in dem ein Spiegel hängt, durch den ein gezackter Riss verläuft. Für einen Augenblick betrachtet er sein verzerrtes Bild. Das Gesicht eines Mörders, denkt er. Hat er sich verändert seitdem? Kann man ihm wirklich ansehen, was er getan hat?

Nein, denkt er. Da ist nichts in seinem Gesicht. Gar nichts. Es ist dasselbe Gesicht wie immer. Derselbe Ausdruck in seinen Augen.

Er tritt einen Schritt zurück, trifft dabei auf das knarrende Dielenbrett. Er zuckt unwillkürlich zusammen. Gleich würde sie wieder ertönen, diese Stimme von nebenan. Die Stimme, die ihn schon viel zu lange quält.

»Gehst du noch weg?«

Ja, Mutter, denkt er. *Ich muss.*
Muss!

Er horcht in die Stille, die ihn plötzlich wieder umgibt. Horcht darauf, ob die Stimme sich noch einmal meldet. Bis ihm einfällt, dass sie nie wieder zu ihm sprechen wird. Nicht sprechen kann, denn sie ist tot, und das schon seit einigen Jahren. Es gibt jedoch immer wieder Situationen, in denen er sich genau das vor Augen führen muss. So wie jetzt.

Noch ein Blick zurück. Hinter ihm liegt der dunkle Flur. Die Tür an dessen Ende ist leicht geöffnet und gibt den Blick frei auf ein altmodisches Bett mit eisernem Gestell und einer dicken Matratze. Das Zimmer liegt größtenteils im Dunkel. Nur von außen fällt spärliches Licht durch das Fenster mit den halb geschlossenen Vorhängen.

Sein Herz bleibt beinahe stehen, als er die dünne, zierliche Gestalt auf der Bettkante sitzen sieht. Eine menschliche Kontur. Und irgendwo in den Schatten zwei Augen, die ihn aus dem Dunkel heraus anstarren.

Er zwingt sich, seine Augen zu schließen. Ganz fest presst er sie zusammen. Als er sie wieder öffnet, ist die Erscheinung verschwunden. Die Tür steht zwar noch immer offen, doch das Zimmer dahinter ist bis auf ein paar alte übereinandergestapelte Kartons leer.

Er sieht auf die Uhr. Er ist höchste Zeit, zu gehen.

Er verlässt das Haus und schließt die Tür sorgsam hinter sich ab.

Sommerliche Abendluft. Insekten schwirren umher, magisch angezogen von der Straßenlaterne auf der anderen Straßenseite. Sie klirren und klicken leise gegen das Glas, wieder und wieder.

In einiger Entfernung ist das Geräusch von Schiffsmotoren zu hören. Draußen auf dem Wasser zieht eine Fähre oder ein Lastschiff vorbei.

Er setzt sich in Bewegung, ist zu Fuß unterwegs. Den Weg kennt er genau. Noch immer sind die Straßen von Urlaubern bevölkert, wenn auch nicht mehr in dem Maße wie tagsüber.

Die Leute zieht es bei gutem Wetter nach draußen. Sie wollen etwas erleben. Natürlich. Darauf haben sie das ganze Jahr hingespart.

Er fällt unter den Menschen nicht auf. Vorbei am Wasserturm. Die bronzene Lale Andersen lächelt ihm verschmitzt zu, während sie an ihrer Laterne lehnt. Wie einst Lili Marleen.

Wenn sie auch nur eine leiseste Ahnung hätte – würde sie dann noch immer lächeln?

Der Gedanke streift ihn wie ein Blitz und ist sofort wieder verschwunden, als er seinen Weg fortsetzt, in die nächste Seitenstraße einbiegt. Hier herrscht weniger Publikumsverkehr. Er sucht die Schatten, die dank der untergehenden Sonne immer länger und länger werden. Er taucht in sie hinein, wo er nur kann. Er muss das Risiko, gesehen oder womöglich noch erkannt zu werden, so gering wie möglich halten. Dabei wäre eine Begegnung zum jetzigen Zeitpunkt nicht einmal so schlimm. Später, auf dem Rückweg, könnte es hingegen fatale Folgen haben. Immerhin ist er dann nicht mehr allein unterwegs …

Er erreicht das Grundstück von der Hinterseite, steigt über den Zaun und nähert sich der Gartenlaube. In den hohen Gräsern zirpen bereits die Grillen und stimmen sich auf eine lange Nacht ein.

Die wird es auch für ihn werden. Denn das hier ist erst der Anfang.

Die Leiche muss verschwinden, sie kann hier nicht bleiben. Zu groß ist die Gefahr, dass sie entdeckt wird. Dass im wahrsten Sinne des Wortes jemand über sie stolpert. Ihr Fund würde Fragen der unangenehmsten Art aufwerfen.

Endlich hat er die Laube erreicht. Für einen furchtbaren Augenblick ist er der festen Überzeugung, dass die Leiche nicht mehr da ist. Dass sie jemand fortgeschafft hat oder – schlimmer noch – dass ihn bereits die Beamten der Polizei hier erwarten.

Nichts von alledem ist wahr. Realität sind die von der Sonneneinstrahlung noch warmen Bretter des Gartenhauses, auf denen sich kleine Tröpfchen aus Harz gebildet haben. Real ist der schwache Geruch der Holzfarbe, der sich mit dem von Blattgrün und welkem Laub vermischt, mit dem er das eingeschnürte Bündel mehr schlecht als recht zum Schutz gegen neugierige Blicke hatte kaschieren wollen.

Dass die Tote noch genauso dort liegt, wie er sie verlassen hat, bedeutet aber auch, dass seine Probleme noch immer vorhanden sind. Niemand hat sie ihm in der Zwischenzeit abgenommen.

Er sieht auf seine Uhr. Ihm läuft die Zeit davon. Rasch bückt er sich herunter und packt das Bündel an. Er ächzt leise, als er das Gewicht aus der Hocke heraus nach oben stemmt. Er pendelt das Gewicht der Toten aus, bis es gleichmäßig verteilt ist. Die ersten Schritte. Er entfernt sich von der Laube, stakt durch die Gewächse, das Unterholz.

Am Maschendrahtzaun bleibt er stehen, hievt das Bündel über das Hindernis und lässt es auf der anderen Seite in das dürre Gras fallen. Das Bündel überschlägt sich gleich zweimal, weil das Gelände leicht abschüssig verläuft.

Er hievt sich über den Zaun und springt ab. Direkt neben der Leiche kommt er auf. Hier beginnt das Spiel von Neuem.

Noch befindet er sich im Schutz einiger Sträucher und Bäume. Unmittelbar dahinter verläuft die Straße, die ihn vom Inselwald trennt. Er muss sie überqueren, um seine Fracht sicher an ihr Ziel zu bringen.

Gerade als er auf die Straße hinaustreten will, nähern sich aus der Ferne zwei Radfahrer ohne Licht.

Er schreckt zurück, geht wieder in Deckung. Er lässt sich dabei flach auf den Boden fallen, ist der Toten jetzt ganz nah.

Die beiden Radfahrer, ein junges Pärchen, ziehen an der Stelle vorüber, ohne etwas zu ahnen. Sie reden miteinander, lachen. Kurz darauf sind die Geräusche verstummt und er ist wieder allein.

Ein neuer Versuch. Er rappelt sich auf, schultert die Tote, aus der die Leichenstarre bereits gewichen ist, und riskiert es. Der erste Schritt hinaus auf die Straße, die jetzt im Halbdunkel vor ihm liegt. Der Asphalt ist noch warm und verströmt seinen typischen Geruch. Seine Absätze erzeugen darauf hohle Geräusche.

Er erreicht die andere Seite. Ein Stück wildes Gelände, Gräser, dann kleinere, halbhohe Gewächse und Sträucher.

Jetzt liegt der Wald vor ihm. Ein hundertfünfzig Hektar großes Gelände, das in den Jahren des Zweiten Weltkriegs den Nazis als Flughafen und Ausbildungsstätte gedient hatte, später dann gesprengt und umgepflügt worden war. Nach einer kurzen Übergangsphase, in der das Areal als Anbaustelle für Kräuter und Heilpflanzen gedient hatte, wurden an dieser Stelle etwa fünfunddreißigtausend Bäume gepflanzt.

Das Gelände wird von einigen wenigen Straßen und verschlungenen Wanderwegen durchzogen. Er kann sich also alles andere als sicher sein, nicht entdeckt zu werden. Er muss schnell handeln. Darauf kommt es an.

Er biegt nach links in einen Wanderweg ein, kaum mehr ein Pfad. Sein Herz arbeitet, pumpt immer schneller.

Er sucht nach der Stelle, die er bereits am Nachmittag auserkoren hat. Ein kleiner, natürlicher Durchlass im Unterholz. Als er ihn erleichtert wiederentdeckt, schlüpft er hindurch. Kleinere Zweige knacken unter seinen Schuhen. Geräusche, die sich trotz größter Sorgfalt nicht vermeiden lassen.

So geht es einige Meter weit, bis er an eine Gruppe von jungen Eichen gelangt, die im Schutz der Baumkronen ihrer älteren Artgenossen nachwachsen.

Hier legt er die Leiche von Marianne Scholten ab. Sie schmiegt sich in das Bett aus getrocknetem Laub. Es raschelt leise.

Er wendet sich den Bäumen zu und fegt mit seinen Händen braune Blätter beiseite, bis der Spaten und die kleine Hacke freigelegt sind, die er am Nachmittag hierher geschafft hat.

Als er mit seiner Arbeit beginnt, dringen die letzten abendlichen Sonnenstrahlen durch das Gehölz.

Der Waldboden erweist sich als lockerer als gedacht. Er kommt mit seiner Arbeit rasch voran. Was gut ist, denn er hat keine Zeit zu verschenken.

Schweiß rinnt ihm von der Stirn und platscht ins trockene Laub. Zweimal muss er seine Tätigkeit unterbrechen, als sich Radfahrer durch den Waldweg nähern. Doch sie ziehen rasch vorbei, und schnell kehrt wieder Ruhe ein.

Bisweilen raschelt es im Unterholz. Die ersten Male schreckt er noch auf und blickt mit rasendem Herzschlag um sich. Dann jedoch gewöhnt er sich daran, dass er sich diesen Abschnitt mit den Tieren des Waldes teilen muss.

Er ist jetzt ganz auf seine Arbeit fixiert. Die Grube wird tief und tiefer, bis er entscheidet, dass sie perfekt ist.

Er wirft den Spaten beiseite und wälzt sich über den Rand. Für einen Moment wünscht er sich nichts mehr, als einfach nur eine Weile hier zu liegen und die Augen zu schließen. Den würzigen Geruch des Waldes und des frischen Erdreichs einzuatmen. Doch er kann sich keine Verzögerungen erlauben.

Also rafft er sich wieder auf, packt das Bündel und lässt es in die Grube hinunter. Er vermeidet es, noch einmal hinzusehen. Er weiß, dass er die Bilder ansonsten nicht aus seinem Kopf verbannen kann.

Daher wirbelt er herum, greift den Spaten und beginnt damit, die Grube wieder mit Erde zu füllen. Er arbeitet schnell und präzise, achtet nicht auf die Schwielen an seinen Handinnenflächen, die sich langsam zu Blasen auswachsen. Er ist eine Tätigkeit wie diese nicht gewohnt.

Nach zehn weiteren Minuten ist die Arbeit getan. Er schaufelt die überschüssige Erde ins Unterholz, verteilt sie großflächig. Dann beginnt er damit, das frisch geschaffene Grab mit Laub zu bedecken, bis es sich nahtlos in die Landschaft einfügt.

Er lehnt den Spaten an den Stamm einer Eiche und sich selbst daneben. Den Kopf in den Nacken gelegt, die Augen geschlossen, atmet er noch einmal tief durch. Wenn alles gut geht, ist er in einer halben Stunde wieder unter den anderen. Er wird eine Rolle spielen, sodass sie nichts bemerken. Er glaubt von sich, einigermaßen geschickt darin zu sein. Immerhin hat er ausgiebig vor dem Spiegel geübt.

Dann schreckt ihn plötzlich ein Laut aus seinen Gedanken auf. Das Bellen eines Hundes. Ganz in der Nähe. Für seinen Geschmack viel zu nah.

Er zuckt heftig zusammen. Aus einem Reflex heraus packt er seinen Spaten. Seine Finger umschließen den Holzstiel so fest, dass die Knöchel weiß hervortreten.

Seine Lippen hat er genauso aufeinandergepresst. Das schweißnasse Haar hängt ihm in die Stirn. Er horcht auf jedes neue Geräusch in seiner Umgebung.

Das Kläffen des Köters kommt näher. Wieder so eine Töle, die ohne Leine mitten im Wald unterwegs ist.

In ihm keimt eine Hoffnung auf. Wenn das Tier frei herumläuft und weit genug von seinem Herrchen entfernt, kann er dem Mistviech eins mit dem Spaten überziehen. Dann sollte Ruhe sein. Wenn er schnell genug ist, kann er den Kadaver des Köters wegtragen und an einer anderen Stelle ablegen.

Das wäre immer noch besser, als zu riskieren, dass der Hund seiner aufgenommenen Fährte folgt und hier im Wald zu graben beginnt.

Es raschelt und knackt erneut im Unterholz. Dieses Mal nähert sich etwas Größeres als zuvor. Der Köter kläfft und winselt unentwegt. Das Vieh weiß, dass es einer großen Sache auf der Spur ist.

Dann ist es plötzlich da, prescht zwischen den Bäumen hervor und bleibt abwechselnd kläffend und knurrend vor ihm stehen. Es ist irgendein Mischling. Die Farbe des Fells lässt sich bei der einsetzenden Dunkelheit kaum erkennen.

Er hält den Stiel des Spatens jetzt mit beiden Händen, hebt die Arme und schlägt zu.

Der Hund winselt nicht einmal mehr. Nach dem dumpfen Laut kippt das Tier einfach zur Seite und bleibt im Laub liegen. Es rührt sich nicht mehr.

Er macht einen Schritt nach vorn, auf den Kadaver zu. Seine Hände vergraben sich in dem weichen Fell.

»Jerry!? Jerry, wo steckst du?«

Die männliche Stimme lässt ihn auffahren. Wieder knacken irgendwo kleinere Zweige. Jemand sucht umher.

Verdammt, nimmt diese Sache denn nie ein Ende?

Er hievt den toten Hund an, der sich im ersten Moment fast schwerer anfühlt als die Frau. Genick und Kopf des Tieres hängen schlaff über seinen rechten Unterarm. So wagt er sich die ersten Schritte voran. Er weiß, dass er nicht mehr allein ist. Irgendwo streift das Herrchen durch den Wald.

Aber er ist im Vorteil. Er muss das Tier nicht mehr suchen. Er hat es. Und seine Arbeit ist erledigt.

Der Spaten!

Er hat den verdammten Spaten liegen lassen! Siedend heiß schießt ihm der Gedanke durch den Kopf und lässt ihn innerlich aufheulen. Aber es gibt kein Zurück mehr. Wenn er jetzt umkehrt, wird er dem verfluchten Hundefreund direkt in die Arme laufen. So kann er immerhin noch hoffen, dass der Kerl das Werkzeug im Laub übersieht.

»Jerry! Hierher!«

Ein gellender Pfiff schallt durch den Wald. Wieder zuckt er zusammen. Doch zugleich verspürt er auch Erleichterung, denn die Geräusche sind jetzt weiter entfernt, was bedeutet, dass er sich in die richtige Richtung bewegt.

Der Körper des toten Hundes strahlt noch immer eine Wärme aus, die ihm schnell unerträglich wird. In einer Mulde lässt er den Kadaver zu Boden und bedeckt ihn notdürftig mit Blattwerk.

Dann macht er, dass er fortkommt, bevor noch mehr schiefgeht.

Aber das wird es. Nur weiß er es noch nicht.

Kapitel 16

Gerret Kolbe schirmte seine Augen gegen das helle Licht der Baustrahler ab, die zwischen den Bäumen aufgestellt worden waren und die tiefe Grube im Boden gnadenlos aus der Dunkelheit rissen.

Er und Rieke Voss traten auf Gesa Brockmann zu, die sie bereits bemerkt hatte. Zusammen mit Enno Dietz stand sie am Rand und beobachtete einen Arbeiter dabei, wie er vorsichtig dunkles Erdreich nach oben schaufelte und ein gutes Stück außerhalb der Grube wieder anhäufte.

Die Hauptkommissarin löste ihren Blick von dem Mann in der Grube und trat auf ihre beiden neuen Mitarbeiter zu.

»Gut, dass Sie beide hier sind. Könnte sein, dass eine lange Nacht vor uns liegt.«

»Was ist passiert?«, fragte Rieke Voss geradeheraus.

»Eine ziemlich merkwürdige Sache«, erwiderte Gesa Brockmann. »Ein Spaziergänger hat uns verständigt. Sein Name ist Lenz. Er war mit seinem Hund im Wald spazieren, als das Tier plötzlich etwas gewittert hat. Der Hund ist ihm durchgegangen, ab durchs Unterholz. Dabei hat er die ganze Zeit gebellt, bis … ja, bis plötzlich alles still war.«

Gesa Brockmann deutete nach links, wo in einiger Entfernung das Licht einer weiteren Lampe durch die Baumstämme schimmerte. »Irgendwer hat dem Tier mit einem Spaten den Schädel eingeschlagen. Das Werkzeug hat er da drüben im Laub liegen lassen, weswegen ich vermute, dass die Tat hier passiert ist. Anschließend hat er das tote Tier da rüber getragen und in einer Mulde abgelegt.«

»Wieso das?«, fragte Kolbe dazwischen.

»Haben wir uns auch gefragt. Bis wir den Spaten in Verbindung gebracht haben mit dem hier.« Die Hauptkommissarin deutete zu der Grube hinüber. »Da ist etwas vergraben worden. Die frische Erde wurde mit Laub abgedeckt. Herr Lornsen ist gerade dabei, die Grube wieder auszuheben.«

Kolbe und Voss blickten fragend zu dem Arbeiter hinüber.

»Herr Lornsen ist Kirchendiener. Er war der Erste, der mir einfiel und der verfügbar war.« Die Brockmann zuckte mit den Schultern. »Die Spurensicherung vom Festland ist verständigt. Aber wenn wir warten, bis die Leute hier sind, verlieren wir unter Umständen viel zu viel Zeit.«

Sie wollte noch etwas ergänzen, doch Enno Dietz kam ihr zuvor.

»Frau Brockmann? Ich glaube, wir haben etwas gefunden!«

Die drei Kommissare blickten sich schweigend an, dann wandten sie sich gleichzeitig um und traten an den Rand der Grube heran.

Herr Lornsen, ein älterer Mann mit grauem Haarkranz, stand in der ausgehobenen Grube und blickte nach oben. Seine hohe Stirn glänzte im Licht der Scheinwerfer.

»Ich bin auf etwas gestoßen«, sagte er mit ernstem Blick. »Da ist etwas in eine Decke eingehüllt. Ich glaube, ich stehe drauf.«

»Versuchen Sie, es vorsichtig freizulegen«, wies die Brockmann den Kirchendiener an.

Der Mann nickte und griff wieder zu seinem Spaten. Es vergingen weitere fünfzehn Minuten, bis der Gegenstand am Boden des Erdlochs frei lag.

»Wollen Sie selbst oder soll ich?«, fragte Lornsen und deutete auf das verdreckte Bündel zu seinen Füßen. In seiner Stimme lag ein vorsichtiger, zurückhaltender Ton.

»Enno und ich werden das übernehmen«, entschied Kolbe und gab dem jungen Polizeimeister ein Zeichen.

Lornsen nickte dankbar und erleichtert, als Kolbe ihm einen Arm anbot und ihn kurz darauf aus der Grube nach oben zog.

Enno hingegen wirkte weniger gelassen. Sein Gesicht schimmerte fahl im hellen Licht.

Kolbe nickte dem jungen Mann zu. *Wird schon nicht so schlimm werden.*

Aber es wurde schlimm. Zumindest für Enno Dietz, der bei dem Anblick der Leiche einen entsetzten Laut ausstieß. Sie hatten das Bündel zusammen aus der Grube gehievt. Dabei hatte sich das mit Klebeband verschnürte Ende der Decke gelöst. Ein blonder Haarschopf war sichtbar geworden, dazu ein Paar Augen, die gebrochen in die Baumkronen starrten. Wer immer für diese Tat verantwortlich war, hatte sich nicht einmal die Mühe gemacht, der Toten die Lider zu verschließen.

»Großer Gott«, presste Enno hervor, »was ist das für eine Riesensauerei?«

Enno trat zwei Schritte vom Rand der Grube weg. Die Tote lag jetzt direkt zu ihren Füßen. Es war die vermisste Marianne Scholten, darüber bestand nicht der geringste Zweifel.

Rieke Voss ging neben der Toten in die Knie. Niemand sagte ein Wort.

Die Kommissarin nahm eine erste oberflächliche Untersuchung vor.

»Der Schädel ist stark deformiert«, erklärte Rieke Voss düster. »Sieht nach einem Schlag mit einem stumpfen Gegenstand aus. Blut ist so gut wie keines ausgetreten. Soweit ich erkennen kann, gibt es keine Anzeichen auf weitere äußere Verletzungen. Bis auf ...«

»Was tun Sie da?«

Gesa Brockmann reckte den Hals und sah zu Rieke hinüber, die sich vorsichtig am Kopf der Toten zu schaffen machte.

»Ihr fehlt ein oberer Schneidezahn«, stellte die blonde Kommissarin fest.

»Eintritt des Todes?«, fragte Gesa Brockmann nach einem kurzen Moment des Schweigens.

Rieke Voss sah zu ihrer Vorgesetzten auf und machte ein skeptisches Gesicht. »Die Leichenstarre hat sich bereits verflüchtigt. Vermutlich aber noch nicht allzu lange.«

»Durch die Hitze haben wir einen schnelleren Verlauf als üblich«, stimmte Gesa Brockmann zu.

Rieke Voss erhob sich und befreite ihre Hände von Erde. »Wenn Scholtens Gesichte der Wahrheit entspricht, muss die Tat heute am frühen Nachmittag verübt worden sein.«

Gesa Brockmann nickte. Vermutlich hatte sie die Fakten schon längst durchgerechnet. Sie wandte sich an Kolbe.

»Was haben wir bisher in Erfahrung gebracht?«

Der Kommissar brachte seine Vorgesetzte auf den neuesten Stand ihrer bisherigen Ermittlungen.

Die Brockmann nickte nachdenklich. »Möglich also, dass sie ihrem Mörder auf einer der beiden Partys begegnet ist. Das ist die Spur, der wir jetzt mit Nachdruck nachgehen sollten. Das Dumme dabei ist, dass Hajo Scholten auch noch nicht raus aus der Sache ist.«

Rieke Voss gesellte sich zu den beiden. »Sie meinen, er könnte doch gewusst haben, wo sich seine Frau aufhält? Und dann ist er ihr nach. Es kam zum Streit, und er hat die Beherrschung verloren.«

»Wäre das so unwahrscheinlich?«, hakte die Brockmann nach. »Ein Mann wie Scholten, der vermutlich schon seit Jahren von seiner Frau betrogen wurde. Er ist längst nicht so naiv und gutgläubig, wie er uns weismachen will. Und gleichgültig schon gar nicht. Die Seitensprünge seiner Frau waren ihm nicht egal. Früher oder später musste ihm ja mal der Geduldsfaden reißen. Oder?«

Die Hauptkommissarin sah ihre beiden Mitarbeiter nacheinander an.

»Könnte sein«, räumte Kolbe ein. »Ist nur fraglich, welche Rolle Marten dabei gespielt hat. Wenn er etwas ahnt … wenn er ahnt, dass sein Vater ein Mörder ist, würde das umso mehr seine Angst erklären.«

»Genau das habe ich gemeint«, pflichtete Gesa Brockmann bei.

»Was tun wir also?«, wollte Rieke wissen.

»Sie beide übernehmen diese Party-Geschichte. Lassen Sie sich alles geben: Namen, Adressen, Telefonnummern. Und wenn Sie etwas über Schuhgrößen, Essgewohnheiten oder sonstige Dinge über Gastgeber und Gäste in Erfahrung bringen, will ich das auch noch haben. Einfach alles, klar?«

»Klar«, sagte Rieke.

»Enno, du bleibst hier und wartest auf das Eintreffen der Spurensicherung. Und wenn die Kerle wie üblich wieder Ärger machen wollen, tust du so, als hättest du damit nichts zu tun, klar? Die sollen mal schön zu mir kommen!«

Der junge Dietz schien erleichtert. Er rang sich so etwas Ähnliches wie ein Lächeln ab.

Gesa Brockmann wandte sich an Kolbe. »Diese Partys«, begann sie nachdenklich, »wo haben die eigentlich stattgefunden?«

»Im Haus eines gewissen Doktor Sartorius.«

Die Brockmann nahm eine steife Haltung an. »Doktor Wilhelm Sartorius? Ah, sagen Sie nichts. Wir haben hier ja nur einen ehemaligen Arzt mit diesem Namen.«

»Demnach kennen Sie ihn recht gut?«, hakte Kolbe nach.

Seine Vorgesetzte stieß ein heiseres Lachen aus. »Ja, allerdings. Ich kenne ihn … recht gut. Um das gleich klarzustellen: Nicht so gut, wie Sie sich jetzt vielleicht gerade ausmalen. Aber immer noch gut genug.«

»Lassen Sie mich raten: Er ist schwierig.«

Sie sah ihn für einen Moment an.

»Das trifft es nicht ganz. Leider. Mit schwierigen Menschen kann ich umgehen. Mit einem wie Sartorius ist es anders. Ganz im Ernst, Kolbe: Passen Sie mit dem Mann ein bisschen auf. Er hat Beziehungen zu allerhand Stellen. Man munkelt sogar, dass sie bis nach Berlin reichen. Dabei ist er glatter als ein verdammter Aal. Immer wenn Sie denken, Sie haben etwas gegen ihn in der Hand, flutscht er Ihnen durch die Finger.« Die Brockmann hielt ihre Hände hoch. Mehrere Ringe blitzten im gleißenden Licht auf. »Fassen Sie ihn daher besser mit Samthandschuhen an, wenn Sie können.«

»Garantiert kann er das auch, wenn er will«, warf Rieke dazwischen. Die Ironie in ihrer Stimme war unüberhörbar.

Die Brockmann erwiderte darauf nichts. Sie sah ihre Mitarbeiter nacheinander an.

»Gut. Dann an die Arbeit. Rufen Sie mich unbedingt sofort an, wenn Sie bei Sartorius gewesen sind.«

Sartorius.

Der Name erzeugte in Kolbe einen dumpfen Hall. Schon wieder oder immer noch. Nur erklären konnte er sich diese Tatsache nicht. Es wurde also Zeit, diesen ominösen Herrn kennenzulernen.

Kapitel 17

In dem Ferienhaus brannte noch Licht. Gesa Brockmann war bis auf die Auffahrt gefahren und lehnte ihr Fahrrad gegen die Mauer.

Es gab angenehme Seiten in ihrem Beruf. Viele sogar, vor allem, wenn man das Privileg hatte, ihn auf einer Insel wie Langeoog auszuüben. Einer Person den gewaltsamen Tod eines nahen Angehörigen mitzuteilen, gehörte jedoch definitiv nicht dazu. Gesa Brockmann hatte diese Schattenseite immer gehasst und war jedes Mal erleichtert gewesen, wenn sie diese Aufgabe hatte delegieren können. Heute war das Los auf sie gefallen.

Sie hatte darauf verzichtet, Hajo Scholten auf seinem Handy anzurufen, da kein Weg auf Langeoog wirklich weit war und sie ein wenig frische Luft nach den unschönen Bildern im Wald gut vertragen konnte. Außerdem hatte Scholten angekündigt, zusammen mit Marten für eine Nacht in das Ferienhaus zurückzugehen.

Die Hauptkommissarin hatte sich einige Worte zurechtgelegt, um das Gespräch zu beginnen. Auf dem Weg vom Fahrrad bis zur Haustür ging sie diese dürftigen Brocken noch einmal in Gedanken durch.

Sie straffte sich, atmete noch einmal durch und betätigte den Klingelknopf.

Nichts rührte sich. Abgesehen von den entfernten Stimmen, die man hörte, wenn man sich stark darauf konzentrierte. Im Innern des Hauses lief ein Radio oder ein Fernsehgerät. Vermutlich.

Gesa Brockmann klingelte noch einmal, dieses Mal mehrfach hintereinander.

Weitere anderthalb Minuten gingen ins Land, bis sich etwas tat. Eine Stimme meldete sich durch die Tür.

»Wer ist da?«

Die Hauptkommissarin zog fragend die Augenbrauen zusammen. »Marten? Bist du das?«

»Sagen Sie mir erst, wer da ist!«

»Richtig so, Junge! Hier ist Gesa Brockmann von der Polizei. Erinnerst du dich? Du hast heute Nachmittag unsere letzten Cola-Reserven aufgebraucht.«

Hinter der Tür wurde eine Kette gelöst, danach wurde geöffnet. Marten Scholten steckte vorsichtig seinen Kopf zur Tür heraus. Er sah die Polizistin aus großen, runden Augen an.

»Wissen Sie, was mit meiner Mutter ist? Haben Sie sie gefunden?«

»Ich …« Die Hauptkommissarin geriet ins Stocken. Alles, was sie an Worten vorbereitet hatte, war verflogen. Es war ohnehin auf einen Erwachsenen gemünzt gewesen. Dass eine Situation wie jetzt eintreten konnte, damit hatte sie nicht gerechnet.

»Ist dein Vater nicht da?«

Der Junge reagierte nicht. Er hatte seine Lippen fest aufeinandergepresst, so als hätte man ihm eingetrichtert, niemandem die Tür zu öffnen und schon gar nicht mit jemandem zu reden.

»Marten?«, hakte die Polizistin nach. »Bist du etwa allein hier?«

»Nö.« Er schüttelte den Kopf.

Gesa Brockmann reckte ihren Kopf vor. »Ich glaube aber doch.«

Marten versuchte, die Tür zuzuschlagen, doch die Hauptkommissarin war darauf vorbereitet. Sie packte blitzschnell die Klinke und hielt sie fest.

»Herr Scholten? Sind Sie hier?«

Marten erschrak. »Mein Vater hat gesagt, ich muss niemanden ins Haus lassen, wenn ich nicht will.«

Gesa Brockmann ließ die Klinke los und bemühte sich, gelassener zu agieren. Sie sah den Jungen an und beugte sich leicht zu ihm herunter. »Es ist alles in Ordnung. Ich lasse dich jetzt in Ruhe, wenn du willst. Willst du mir vielleicht noch sagen, seit wann dein Vater weg ist? Vielleicht schon seit heute Nachmittag?«

»Er hat gesagt, ich soll …« Marten brach ab. Er war den Tränen nahe.

»Schon gut, ich habe schon verstanden«, beeilte sich Gesa Brockmann zu versichern. »Sag deinem Vater einfach, dass ich es später nochmal versuchen werde. Er kann mich auch einfach anrufen, okay?«

»Okay.«

Gesa Brockmann wandte sich zum Gehen, drehte sich vor der Haustür aber noch einmal um. »Du bist ein großartiger Junge, Marten.«

Der Zehnjährige sah sie für einen Augenblick dankbar an, dann klappte er wortlos die Tür zu.

Gesa Brockmann hörte, wie er von innen wieder die Kette vorlegte.

Die Polizistin blieb vor der Tür stehen. Sie ging davon aus, dass Scholten unterwegs war, um auf eigene Faust nach seiner Frau zu suchen. Wie leicht konnte dabei etwas aus dem Ruder geraten?

Das war nicht gut. Gar nicht gut.

Kapitel 18

Das bemerkenswerte reetgedeckte Haus lag allein und eingebettet in die Ausläufer des Inselwaldes. Auf einem kreisrunden Vorplatz breitete eine große alte Blutbuche ihre Äste über das penibel gepflegte Grün.

Das Haus selbst verfügte über zwei gemauerte Schornsteine und zahlreiche Fenster, die mit hölzernen Läden versehen waren. An diesem Abend standen sie alle offen und ließen das helle Licht nach draußen strömen.

Von irgendwoher schwang dezente klassische Musik durch die laue Sommernacht. Sie vermischte sich mit Stimmen, die allesamt heiter und ausgelassen klangen. Eine Frau lachte laut und ungeniert auf.

Gerret Kolbe und Rieke Voss traten auf die dunkelgrün gestrichene Eingangstür mit der wuchtigen eisernen Klinke zu. Darüber war ein altmodischer Türklopfer angebracht, der die Form eines Seeungeheuers hatte. Für einen Moment ließ Kolbe seinen Blick auf dem Fantasiegebilde ruhen. Er verfolgte die langen Tentakel, die sich wanden und ineinander verschlungen waren, bis sie eine Art Knoten bildeten. Es war ein verwirrender, wenn nicht sogar leicht verstörender Anblick.

Kolbe streckte die Hand danach aus, nur um im letzten Augenblick auszuweichen und den Klingelknopf neben der Tür zu betätigen. Dabei ignorierte er den fragenden Blick seiner Kollegin.

Der warme Gong im Innern ging im Lärm der Party unter, daher klingelte Kolbe jetzt mehrmals hintereinander.

»Denken Sie, dass er noch hier ist?«

Die Frage seiner Kollegin überraschte Kolbe. Er wandte seinen Blick und sah eine nachdenkliche Rieke Voss, die genau wie er zuvor auf den seltsamen Türklopfer blickte.

»Der Mörder, meinen Sie?« Er zuckte mit den Schultern. »Ich kann es mir kaum vorstellen. Was für ein Grund wäre denkbar, nach so einer Tat auf der Insel zu bleiben?«

Rieke löste ihren Blick und sah Kolbe an. »Und was ist, wenn er gar nicht weg kann, selbst wenn er es wollte?«

Die Tür wurde geöffnet. Ein Kellner in schneeweißer Livree und schwarzer Fliege stand auf der Schwelle und sah die beiden späten Besucher erwartungsvoll an.

»Guten Abend. Sie wünschen?«

»Kolbe und Voss, Kriminalpolizei«, sagte Kolbe. »Wir würden gerne mit Herrn Doktor Sartorius sprechen.«

Der Kellner bedachte den Kommissar mit einem fragenden Blick. »Wenn es wegen der Musik auf der Terrasse ist … wir haben eine Genehmigung bis dreiundzwanzig Uhr.«

»Die haben Sie garantiert«, erwiderte Rieke Voss. »Deswegen sind wir allerdings nicht hier. Würden Sie jetzt bitte Doktor Sartorius verständigen?«

Der Mann auf der Schwelle schenkte der Kommissarin einen missbilligenden Blick.

»Wenn Sie in der Diele warten wollen? Ich sage ihm Bescheid.«

Der Kellner wandte sich um, gab die Tür frei und bewegte sich mit ausgreifenden Schritten auf einen Rundbogen zu, durch den er im nächsten Moment verschwunden war.

Kolbe schloss die Tür hinter ihnen.

»Willkommen in der Höhle des Löwen«, murmelte er.

»Wie schlimm kann dieser Doktor schon sein?«, gab Rieke Voss leise zurück. »Ich finde, Sie haben sich viel zu sehr von Gesa Brockmann einschüchtern lassen.«

Er hob die rechte Augenbraue. »Ach ja?«

»Sie sind doch sonst nicht so zurückhaltend.«

Kolbe rollte mit den Augen. »Wenn Sie schon wieder auf das Missgeschick von der Fähre anspielen wollen …«

»Missgeschick?«, fuhr sie dazwischen. »Sie haben meinem Freund mindestens zwei Rippen geprellt!«

»Ach, du liebes bisschen, mir kommen gleich die Tränen«, platzte es aus Kolbe heraus. »Wenn Sie es so nötig hatten, warum haben Sie es dann nicht gleich im Maschinenraum getrieben? Muss doch total abgefahren sein, so im Takt der Motoren.«

»Hat Ihnen schon mal einer gesagt, dass Sie ein totaler Spacko sind?« Ihre Augen funkelten ihn angriffslustig an.

»So haben Sie mich doch sicher schon bei der Brockmann vorgestellt, oder etwa nicht? Warum sonst hat sie kein Wort über mein Veilchen verloren?«

»Was haben Sie denn erwartet? Hätte sie Sie vielleicht noch bemuttern sollen? Sind Sie das so von Ihrer Mami gewohnt, ja?«

Kolbes Gesicht wurde ernst. »Meine Mutter ist tot.«

Sie wich seinem Blick aus. »Sorry. Hab ich nicht gewusst.«

»Macht ja nichts. Sie starb, als ich noch ein kleiner Junge war.«

Rieke Voss wollte noch etwas erwidern, doch an diesem Punkt ihrer Unterhaltung nahm sie unter dem gemauerten Rundbogen einen Schatten wahr. Wie lange er bereits dort gelauert hatte, konnte niemand sagen.

Als die beiden Beamten ihn bemerkten, löste er sich aus dem Halbdunkel und wurde zu einem etwa fünfundsechzigjährigen Mann mit weißem Haarkranz und markanten Gesichtszügen.

Er trug einen legeren Tweed-Anzug, darunter trotz der anhaltenden Wärme einen dünnen weißen Rollkragenpullover. Seine Haut war an allen sichtbaren Stellen braun gebrannt, und an seinem linken Handgelenk funkelte im Licht der Deckenbeleuchtung eine goldene Rolex.

Als der Mann näher kam, verzogen sich seine Lippen zu einem Lächeln, das gesunde weiße Zähne erkennen ließ. Es war ein gewohnheitsmäßiges Lächeln, eines, das er wie auf Knopfdruck ein- und ganz sicher auch genauso schnell wieder ausschalten konnte.

»Guten Abend. Herr Cordes sagte mir gerade, dass Sie mich zu sprechen wünschen.« Der Hausherr deutete auf den Kellner, der sie eingelassen hatte. Der Mann hatte sich unauffällig hinter seinem Arbeitgeber aufgebaut.

»Mein Name ist Wilhelm Sartorius. Mit wem, bitte, habe ich das Vergnügen?«

»Kommissarin Rieke Voss. Mein Kollege Herr Kolbe.«

Sartorius kam einen Schritt näher, ohne dabei seinen Gesichtsausdruck zu verändern. Er ergriff Riekes rechte Hand und führte sie an seine Lippen.

Kolbe registrierte, wie überrascht seine Kollegin auf diese Aktion reagierte. Sie hatte ihre Hand zurückziehen wollen. Ob sie es sich im letzten Moment anders überlegt oder ob Sartorius sie einfach festgehalten hatte, konnte er nicht erkennen.

»Freut mich, Sie beide kennenzulernen«, sagte der Hausherr und trat auf Kolbe zu. Er streckte ihm die Hand hin.

»Ich habe Sie hier noch nie gesehen. Oder täusche ich mich?«

Sartorius' Blick ruhte lange und unangenehm auf Kolbe. Der Kommissar fühlte sich, als würde sein Gegenüber etwas in seinen Augen suchen. Ob er es gefunden hatte, blieb ungewiss.

»Wir haben heute unseren ersten Tag auf Langeoog«, half ihm Rieke aus der Verlegenheit.

»Ah«, machte Sartorius, »das erklärt es natürlich. Ich bin ja sehr gut mit Frau Brockmann bekannt. Und mit ihren übergeordneten Dienststellen.«

Natürlich bist du das, dachte Kolbe. Sartorius gehörte zu dem Typ Mensch, der ihm auf Anhieb unsympathisch war. An ihm war etwas Falsches, Raubtierhaftes. Ein Mann, der es vermutlich gewohnt war, seine Feinde wegzubeißen, der es jedoch liebte, vorher mit ihnen zu spielen. Zudem besaß er ganz sicher Geld im Überfluss. Wie sonst hatte er sich dieses Anwesen leisten können?

Sartorius klatschte in die Hände und rieb die Innenflächen aneinander. »Tja, was kann ich denn für Sie tun? Ich meine, ich würde Ihnen ja etwas zu trinken anbieten, fürchte aber, dass Sie beide ablehnen müssen, weil Sie im Dienst sind.«

»Das ist richtig.«

Sartorius gab Kellner Cordes ein Zeichen. Der Mann nickte knapp und entfernte sich dann dezent.

»Nun?«

»Auf der Insel hat sich bedauerlicherweise ein Mordfall ereignet«, erklärte Rieke Voss. »Eine Frau wurde erschlagen und später im Wald aufgefunden. Ihr Name war Marianne Scholten.«

»Ja?«

In dem Gesicht des Hausherrn regte sich kein Muskel.

»Ich nehme doch an, dass Ihnen dieser Name etwas sagt«, fuhr die Kommissarin mit lauerndem Tonfall fort.

»Natürlich sagt er mir etwas. Frau Scholten war gestern hier zu Gast. Und ich habe sie auch für heute Abend erwartet. Als Sie klingelten, nahm ich an, sie sei es.«

»Frau Scholten ist unseren Informationen nach nicht nur gestern Abend hier gewesen, sondern auch am Tag davor.«

Rieke Voss sah Sartorius ernst an.

Der ehemalige Arzt breitete kurz seine Hände aus, bevor er sie dezent ineinander legte.

»Ja. Ich gebe Mitte August jedes Jahr anlässlich meines Geburtstages eine Party. Seit geraumer Zeit schon. Teils wechselnde, teils wiederkehrende Gäste. Wir feiern ein wenig länger und ausgelassener als gewohnt. Ich pflege dieses Ereignis daher mitunter scherzhaft *die drei tollen Tage* zu nennen. Damit wir uns klar verstehen: Der Tod von Frau Scholten ist zweifellos eine bestürzende Nachricht. Ich verstehe nur nicht recht, warum Sie damit ausgerechnet in mein Haus und damit zu mir kommen?«

»Wir benötigen Informationen«, half Kolbe aus.

»Informationen worüber?«, kam es pfeilschnell zurück.

»Über die Leute … Gäste, mit denen Frau Scholten in Ihrem Haus Kontakt hatte. Wir haben die Hoffnung, dass uns jemand hier mehr über das Mordopfer sagen kann.«

Sartorius wandte sich Kolbe zu. Seine Augen hatten sich ein Stück weit verengt. »So, wie Sie das sagen, könnte ich beinahe annehmen, dass Sie einen meiner Gäste verdächtigen, etwas mit dieser Sache zu tun zu haben.«

Kolbe blieb hart, erwiderte den Blick des Mannes.

»Sie werden sicher verstehen, dass wir in alle Richtungen ermitteln müssen.«

Sartorius kam noch ein paar Zentimeter näher.

Kolbe roch ein Aftershave, das sich vermutlich preistechnisch einige Klassen über seinem eigenen bewegte. Und dabei roch es nicht einmal angenehm, sondern schwülstig, blumig, beinahe so wie die langsam verfaulenden Hagebutten am Strandbungalow der Böhles.

»Sie werden diese Ermittlungen ganz sicher nicht in meinem Hause anstellen«, sagte Sartorius leise. »Nicht irgendwann und schon gar nicht heute Abend. Oder liegt Ihnen etwa ein richterlicher Durchsuchungsbeschluss vor?«

»Sie wissen sehr gut, dass das nicht der Fall ist«, platzte es aus Kolbe heraus. Er deutete zur Haustür, die keine drei Meter entfernt war. »Da draußen im Wald, keine zwei Kilometer von Ihrem Haus, liegt eine Frau mit eingeschlagenem Schädel! Eine Frau, mit der Sie gestern noch zusammen gefeiert und wer weiß was sonst noch gemacht haben. Und jetzt stellen Sie sich ernsthaft hierher und wollen nicht einmal eine Befragung zulassen?«

Sartorius sah Kolbe an. Durchdringend, fast beschwörend. Als er weitersprach, flüsterte er beinahe.

»Ich werde vor allem nicht zulassen, dass Sie meine Gäste diskreditieren und einem peinlichen Verhör unterziehen. Jeder Anwesende hier hat einen tadellosen Ruf und ist damit über jeden Zweifel erhaben. Jeder Verdacht gegen einen dieser Leute ist so wie ein Verdacht gegen mich selbst!«

Kolbe spürte, wie aus der kalten Verachtung gegen diesen Mann eine brennende Wut wurde. Jeder Muskel seines Körpers war angespannt.

Als hätte Rieke Voss geahnt, was in ihm brodelte, trat sie zwischen die beiden Männer.

»Es ist sehr schade, dass Sie die Sache so sehen«, sagte sie. »Aber wenn Sie darauf bestehen, werden wir uns den richterlichen Beschluss besorgen.«

Sartorius wandte sich lächelnd zu der Beamtin um. »Tun Sie das, Frau Voss. Und richten Sie dabei Frau Brockmann meine besten Grüße aus. Sie wird meine Handlungsweise verstehen, da bin ich mir ganz sicher. Und nun darf ich Sie wohl bitten, uns …«

»Doktor Sartorius?«

Die weibliche Stimme im Hintergrund zog in dieser Sekunde alle Aufmerksamkeit auf sich.

Eine ältere Frau war durch den Rundbogen in die Diele getreten. Auch sie trug die Kleidung einer Hausangestellten.

In Sartorius' Gesicht entstand ein ärgerlicher Ausdruck, als er sich halb zu der Frau herumdrehte.

»Ja, Frau Beyfuß? Was gibt es denn?«

Die Frau fasste sichtlich ihren Mut zusammen und trat einen weiteren Schritt vor. »Ich würde gerne mit Ihnen sprechen, Herr Doktor.«

Sartorius nahm wieder eine gewinnende Pose ein. »Das hat doch sicher Zeit bis gleich.«

»Ich denke, dass es wichtig ist, Herr Doktor.« Die Frau wandte den Blick in Richtung der Beamten. »Und ich glaube, dass es auch für die beiden Herrschaften von Interesse ist.«

Der Hausherr stieß einen ärgerlichen Laut aus.

»Also schön, was ist denn, um alles in der Welt?«

Die Angestellte fasste in die breite Tasche ihrer weißen Schürze und zog ihre Hand gleich darauf wieder heraus. Als sie sie vorstreckte, lag auf ihrem Handteller ein kleiner Gegenstand.

Sartorius, Kolbe und Rieke Voss starrten fassungslos darauf.

Es war ein menschlicher Schneidezahn.

Kapitel 19

Das Lachen, das von der Terrasse herüberdrang, wirkte wie eine Verhöhnung der Szene, die sich gerade parallel in der Diele des Hauses abspielte.

Für die Dauer einiger endlos scheinender Sekunden sprach keiner der Anwesenden ein Wort.

Doktor Sartorius war der Erste, der seine gewohnte Selbstsicherheit zurückgewann.

»Wo genau haben Sie das gefunden, Frau Beyfuß?«

Die Angesprochene, die den Zahn auf ihrer Hand selbst anstarrte, als präsentierte sie dort ein hochgiftiges Insekt, hob leicht den Kopf. »Er hat im Wohnzimmer auf dem Teppich gelegen. Ich bin mit dem Fuß so drüber ...«, ihr rechter Schuh scharrte über den teuren Marmorfußboden, »und da habe ich noch gedacht: Was ist denn das? Wissen Sie, das war, kurz bevor ich den Staubsauger einschalten wollte. Das hab ich dann erstmal sein lassen. Ich habe doch alles richtig gemacht?« Der Blick der Angestellten heischte nach Bestätigung.

Sie erhielt sie von Sartorius, wenn auch nur widerwillig.

»Wann genau war das?«, fragte Rieke Voss. »Wann haben Sie den Zahn gefunden?«

Frau Beyfuß überlegte kurz. »Ich war um Punkt siebzehn Uhr hier, um noch ein wenig Klarschiff zu machen. Staubsaugen, Staub wischen. Naja, all sowas eben. Mit dem Saugen fange ich meistens an, daher muss es ziemlich genau fünf Minuten später gewesen sein.«

»Danke«, erwiderte Rieke. Sie öffnete einen Reißverschluss an ihrer Uniformweste und förderte daraus einen kleinen Plastikbeutel zutage. »Wären Sie wohl so freundlich, den Zahn da reinzutun?«

»Ohgottohgott«, flüsterte die Beyfuß und trat vorsichtig auf die Kommissarin zu. Sie stützte ihre rechte Hand mit ihrer linken ab, neigte schließlich beide und ließ den Zahn in die Öffnung der Tüte fallen. Sichtlich erleichtert zog sie ihre Hände zurück.

Rieke verstaute die Tüte wieder in ihrer Tasche.

»Einen Augenblick mal«, mischte sich Sartorius ein. »Darf ich vielleicht erfahren, was das Ganze soll? Was hat dieser Zahn zu bedeuten?«

Rieke zog den Reißverschluss der Westentasche zu. »Marianne Scholtens Leiche fehlt ein oberer Schneidezahn. Sie werden sicher verstehen, dass uns das auf eine Reihe neuer Fragen bringt.«

Der Hausherr fuhr sich mit der Hand über sein glatt rasiertes Kinn. »Hören Sie, für diesen Zahn kann es hundert mögliche Erklärungen haben. Wahrscheinlich hat Frau Scholten …« Er brach ab.

»Was?«, fragte Kolbe hitzig. »Wollten Sie vielleicht gerade andeuten, dass Marianne Scholten ihn bei einer anderen Gelegenheit hier verloren hat? Welche soll das denn bitteschön gewesen sein?«

Sartorius wirbelte herum. Für den Bruchteil einer Sekunde wirkte er wie ein angeschossenes Raubtier, das in wilder Panik um sich beißt.

»Ich werde nicht dulden, dass Sie in diesem Ton mit mir sprechen! Sie sind im Augenblick nichts anderes als geduldete Gäste, das sollten Sie nicht vergessen!«

»Ich schätze, Sie werden sich noch andere Dinge von uns gefallen lassen müssen«, fuhr Kolbe unbeirrt fort. »Sie wissen doch immerhin, zu welchem Schluss wir kommen müssen?«

Sartorius winkte ab. »Vermutlich wollen Sie mir jetzt unterstellen, dass die Frau hier umgebracht worden ist. In meinem Haus!« Sartorius lachte laut auf. »Das ist geradezu grotesk. Ich selbst habe Frau Scholten letzte Nacht noch zur Tür gebracht. Wir haben uns voneinander verabschiedet. Und wenn ihr dabei ein Zahn gefehlt hätte, würde ich es zweifellos bemerkt haben!«

»Zweifellos«, wiederholte Kolbe leise. Er wandte sich an die Hausangestellte. »Als Sie heute um siebzehn Uhr das Haus betraten, haben Sie da vielleicht noch etwas anderes bemerkt, das Ihnen ungewöhnlich vorkam?«

Frau Beyfuß ging in sich, blickte zur Haustür herüber und schien noch einmal ihren Weg in Gedanken nachzuverfolgen. Nach einer Weile schüttelte sie den Kopf. »Nein, nicht, dass ich wüsste. Alles hier war wie immer. Bis auf …« Sie blickte auf Riekes blaue Uniformweste.

»Sie haben einen eigenen Schlüssel für dieses Haus?«, hakte Kolbe nach.

Sie nickte. »Ich komme zweimal die Woche her, um sauber zu machen. Nur an den drei tollen Tagen, da … naja, da bin ich an jedem Tag hier, um Ordnung zu machen.«

Sartorius wandte sich an Kolbe. »Frau Beyfuß ist eine gewissenhafte Person. Sozusagen die treue Seele dieses Hauses. Ich beschäftige sie schon seit vielen Jahren in meinem Haus. Sie ist absolut zuverlässig und vertrauenswürdig.«

»Ich kann mich nicht erinnern, etwas anderes behauptet zu haben«, erklärte der Kommissar. »Aber wo wir schon mal bei Ihnen sind: Wo waren Sie denn heute zwischen … sagen wir mal dreizehn und siebzehn Uhr?«

»Wird das jetzt etwa ein Verhör?«, giftete Sartorius.

»Im Augenblick sind wir noch bei einer Befragung«, stellte Rieke Voss richtig. »Wenn Sie also bitte die Frage meines Kollegen beantworten wollen?«

Sartorius schluckte die giftige Bemerkung herunter, die ihm offensichtlich auf der Zunge gelegen hatte. Er atmete bewusst aus. »Das Ganze wird für Sie beide ein unangenehmes Nachspiel haben, das kann ich Ihnen jetzt schon versichern. Wo ich in der fraglichen Zeit gewesen bin, wollen Sie wissen. Gut, ich will es Ihnen sagen. Ich hatte einen geschäftlichen Termin auf dem Festland. In Jever, um genau zu sein. Ich habe die Fähre um elf Uhr dreißig genommen, um zu meinem Wagen zu gelangen, der am Hafen von Bensersiel steht. Der Termin in Jever begann um vierzehn Uhr und dauerte ziemlich genau eine Stunde. Zufrieden?«

»Ich nehme an, dass Sie Zeugen benennen können, die Ihre Aussagen bestätigen können?«, fragte Kolbe.

»Aber natürlich kann ich das«, gab Sartorius zurück. Er hatte ein gewinnendes Lächeln aufgesetzt. Seine Augen strahlten beinahe vergnügt.

»Mit anderen Worten: In Ihrem Haus hielt sich in der Zeit von etwa kurz nach elf heute Vormittag bis zur Ankunft von Frau Beyfuß niemand auf«, fasste Rieke Voss zusammen. »Ist das richtig?«

Sartorius schürzte die Lippen und wippte zweimal kurz auf den Spitzen seiner auf Hochglanz polierten braunen Lederschuhe. »Das ist richtig. Allerdings auch nur scheinbar, nicht wahr? Denn irgendwie muss ihr verträumtes Beweisstück ja immerhin seinen Weg auf meinen Teppich gefunden haben.«

»Dann machen wir doch an der Stelle gleich weiter«, schlug Rieke vor. »Wer hat denn in Ihrer Abwesenheit noch alles Zugang zu diesem Haus?«

»In erster Linie Frau Beyfuß. Sie besitzt einen Schlüssel für die vordere Haustür. Das ist normalerweise alles.«

»Was bedeutet normalerweise?«

»Das bedeutet, dass ich während des Zeitraums der Feierlichkeiten einen zweiten Schlüssel an einem geheimen Ort hinterlege. Hauptsächlich für die beiden Kellner, Herrn Cordes und Herrn Kapp, damit sie die Lieferungen vom Catering-Service entgegennehmen und vorbereiten können, wenn ich nicht da bin.«

»Und wo befindet sich das Versteck für den zweiten Schlüssel?«, hakte Kolbe nach.

Sartorius deutete in Richtung Eingang. »Unter dem rechten der beiden Blumenkübel neben der Haustür.«

Kolbe rollte mit den Augen. »Würden Sie freundlicherweise nachsehen, ob der Schlüssel noch da ist?«

Sartorius vollführte eine einladende Handbewegung. »Fühlen Sie sich frei, wenn Ihnen so sehr daran gelegen ist.«

Kolbe hielt dem stummen Blickduell mit dem Hausherrn eine Weile stand, dann machte er auf dem Absatz kehrt und durchmaß die Diele mit energischen Schritten. Er riss die Haustür auf und wandte sich zum Blumenkübel, über dessen

Rand eine blühende Pracht von rosaroten Geranien rankte. Kolbe hob das Gefäß an. Unter dem Fuß lag ein kleiner, silberner Gegenstand.

Mit dem Schlüssel, verstaut in einem Plastikbeutel, kehrte er zu den anderen in die Diele zurück.

»Ist es dieser hier?«

Sartorius warf einen gelangweilten Blick auf den Beutel, der zwischen Kolbes rechtem Daumen und Zeigefinger baumelte.

»Ja. Das ist er.«

»Großartig. Bleibt nur noch die Frage zu klären, wer von dem *Geheimversteck* wusste.«

Sartorius blickte Kolbe giftig an. »Ich habe kein großes Geheimnis darum gemacht, wenn Sie das meinen. Natürlich wussten Cordes und Kapp Bescheid. Aber es ist denkbar, dass ich diese Information auch gestern im Gespräch meinen Gästen gegenüber preisgegeben habe.«

»Haben Sie es oder haben Sie es nicht?«

»Wie ich bereits sagte: Es ist denkbar.«

»Dann kann also im Grunde jeder Ihrer Gäste heute über Mittag den Schlüssel vorübergehend an sich genommen haben«, erklärte Rieke Voss. »Er oder sie kann die Tat ausgeübt und den Schlüssel anschließend wieder zurückgelegt haben.«

»Wenn Sie es sagen.« Sartorius stand in der Diele, die Arme vor der Brust verschränkt. Neben ihm Frau Beyfuß, die nicht wusste, was sie mit ihren Händen anfangen sollte. Sie waren in ständiger Bewegung und nestelten am Saum ihrer Schürze herum.

Kolbe steckte den Beutel mit dem Ersatzschlüssel ein. Im Labor würde man ihn auf Fingerabdrücke untersuchen. Die Aussichten auf einen Erfolg schätzte der Kommissar jedoch als sehr gering ein.

Rieke Voss drängte darauf, in das Wohnzimmer des Hauses zu gelangen. Sie ließen sich von Frau Beyfuß den Teppich im Allgemeinen und die Fundstelle des Schneidezahns im Besonderen zeigen. Kolbe ging davor in die Hocke und untersuchte die langen Fasern auf mögliche Spuren. Mit dem bloßen Auge war nichts zu erkennen.

Über Funk setzte sich Rieke Voss mit Gesa Brockmann in Verbindung und beorderte das Team der Spurensicherung, das inzwischen im Wald in vollem Einsatz war, im Anschluss in Doktor Sartorius' Haus. Wie es aussah, würde es für sie alle eine lange Nacht werden.

Als Rieke Voss die Verbindung beendet hatte, trat sie auf Kolbe zu, der sich gerade wieder erhoben hatte. Die Beamtin zog ihren Kollegen beiseite.

»Scholten ist verschwunden«, flüsterte sie.

»Wie ... verschwunden?«

»Die Chefin war eben beim Ferienhaus. Nur Marten ist da. Sein Vater muss schon länger weg sein.«

»Was hat er vor?«, fragte Kolbe leise.

Rieke Voss zuckte mit den Schultern. »Ich hoffe nur, er weiß, was er tut. Wir können hier nicht auch noch einen Amok laufenden Ehemann gebrauchen.«

Kolbe nickte gedankenverloren. Dann drehte er sich um und sah den Hausherrn erwartungsvoll an.

»Nun, Doktor Sartorius? Ich denke, es ist an der Zeit, dass wir Ihre Gäste kennenlernen.«

Kapitel 20

Sartorius zierte sich erwartungsgemäß. Aufgrund der Sachlage lenkte er jedoch schon bald ein. Offenbar trat er nun eine Art Flucht nach vorn an, denn sein Verhalten änderte sich schlagartig. Er hatte wieder in seine Rolle des galanten und souveränen Gastgebers zurückgefunden.

Er führte die beiden Kommissare durch das große Haus und wollte sich zum Terrassenausgang wenden, als Kolbe plötzlich stehen blieb.

Er wandte sich zur gegenüberliegenden Seite und deutete auf eine Tür.

»Das hier ist das Hinterzimmer, richtig?«

Sartorius und Rieke Voss drehten sich zu ihm um. Keiner von beiden sagte etwas.

Kolbe starrte auf die Klinke herunter und betätigte sie. Die Tür schwang leise knarrend nach innen auf.

Der Raum dahinter lag im Dunkeln. Nur ein schmaler Lichtkeil fiel durch die halb geöffnete Tür herein. Kolbe trat über die Schwelle und blieb stehen. Im schwachen Licht zeichnete sich das Fenster zur Straße hin als dunkles Viereck ab.

Schatten beherrschten den Raum. Kolbe blinzelte. Es dauerte eine Weile, bis sich seine Augen an die Lichtverhältnisse gewöhnten.

Er sah die dunklen Umrisse einer wuchtigen Kommode, die ihm übernatürlich groß vorkam. An den Wänden waren einfache Regalbretter angebracht, auf denen kleine Gestalten hockten.

Kolbe kam erst spät darauf, dass es sich dabei um aufgereihte Kuscheltiere handelte. Das andere Regal neben der Tür war mit Büchern bestückt. Kinderbücher. Ein großes grünes Wilhelm-Busch-Album. Die Geschichte vom Schimmelreiter. Die anderen Titel konnte Kolbe nicht erkennen. Es war, als würden sich die Bücher seinem Blick entziehen. Die Umrisse begannen vor seinen Augen zu verschwimmen. Auch stimmte etwas mit der Perspektive nicht. Die Regale wirkten, als seien sie unerreichbar hoch, genau wie die obere Schublade der Kommode.

Kolbe spürte, wie sein Herz schneller zu schlagen begann. Und doch war dieses Gefühl so weit entfernt, als sei er eigentlich ganz woanders. Etwas begann sich vor seinen Augen zu drehen. Ein leichter Schwindel erfasste ihn. Zwei Schatten befanden sich vor ihm in der Finsternis. Sie hockten beide am Boden, eigenartig umklammert, so als hätten sie sich besonders lieb. Aber etwas an diesem Eindruck war nicht ganz richtig. Es war keine Liebe im Spiel, sondern ... etwas anderes. Die zweite Person beugte sich über die andere, die am Boden lag. Die Hände des Mannes waren fest um die Kehle der Frau gepresst. Kolbes Lippen öffneten sich langsam. Er war im Begriff, zu schreien.

Als jemand das Deckenlicht einschaltete, zuckte er heftig zusammen und schirmte aus einem Reflex heraus seine Augen gegen die gleißende Helligkeit ab.

Es war, als würde er aus einem Traum erwachen. Er befand sich nicht mehr auf der Türschwelle, sondern mitten im Raum. Es gab keine Kommode, keine Regale. Auch die Kuscheltiere und Bücher waren verschwunden.

An ihre Stelle war ein großes Doppelbett getreten. Das Licht war auch nicht grell, sondern dezent. Es setzte die Bar aus Mahagoniholz in ein perfektes Licht.

Kolbes Blick geisterte über eine halbvolle Flasche Cognac, mehrere umgedrehte Gläser und eine Schale mit Erdnüssen.

»Kolbe?«

Der Kommissar drehte sich auf der Stelle herum, blickte Rieke Voss an, die ihn aufmerksam ansah.

»Alles in Ordnung mit Ihnen?«

»Klar«, antwortete er matt. Er blinzelte erneut.

Rieke Voss kam näher. »Tut mir leid, aber das kann ich Ihnen irgendwie nicht abnehmen. Was, um alles in der Welt, tun Sie hier?« Sie deutete in den Raum hinein. »Und woher wussten Sie, dass dies das Zimmer ist, in das sich Marianne Scholten während der Partys zurückgezogen hat?«

»Ich bin schon mal hier gewesen«, antwortete er leise.

»Was?« Sie hatte den Kopf leicht schräg gelegt und sah Kolbe irritiert an. »Wann das? Sie sind doch auch heute erst hier angekommen.«

»Nicht heute«, flüsterte er. »Auch nicht vor Kurzem. Es ist … länger her. Viel länger.«

Sie seufzte. »Was wird das jetzt wieder für eine Nummer, hä? Sind Sie jetzt auch noch unter die Geisterforscher gegangen?«

Er schüttelte den Kopf, noch immer bewegt von den letzten Eindrücken.

Rieke Voss packte ihn unsanft am rechten Arm. »Wachen Sie auf, Mann. Wir haben da draußen einen Fall zu lösen, verdammt. Und wenn Sie dazu nicht in der Lage sind, werde ich es eben alleine tun.« Rieke Voss wandte sich mit einem schnaubenden Laut zur Tür.

Kolbes Blick folgte ihr. »Wo ist Doktor Sartorius?«

»Der ist schon vorgegangen«, sagte sie. »Auch so eine Sache, die nicht in Ordnung ist. Wer weiß, was er seinen Gästen gerade erzählt. Also kommen Sie jetzt mit oder soll ich mir Enno Dietz als Verstärkung anfordern?«

Kolbe schüttelte den Kopf. Er drehte sich um und folgte seiner Kollegin. Als er den Raum verließ, warf er noch einen letzten Blick zurück.

Dann schloss er die Tür zu seinem ehemaligen Kinderzimmer.

Als sie auf die Terrasse hinaustraten, waren die Eindrücke bereits wieder verblasst. Trotzdem übten sie auf Kolbe noch immer eine verstörende Wirkung aus. Er musste sich zwingen, sie vorerst aus seinen Gedanken zu verbannen. Hier ging es um eine andere Sache. Sie wussten jetzt mit ziemlicher Sicherheit, dass der Mord an Marianne Scholten in diesem Haus begangen worden war. Und zwar irgendwann im Laufe des Nachmittages. Von jemandem, der von der Geschichte mit dem Ersatzschlüssel wusste. Jemand, der sich möglicherweise zu diesem Zeitpunkt noch hier aufhielt.

Die Terrasse war dezent durch diverse, geschickt zum Einsatz gebrachte Lichtquellen beleuchtet. Es gab mehrere Lichterketten sowie zwei Laternen, die den großzügigen Garten erleuchteten, hinter dem sich nach und nach das Inselwäldchen anschloss.

Ein großer Gas-Grill verbreitete verlockende Düfte. Dahinter hatte sich ein zweiter Angestellter in weißer Livree aufgebaut. Er trug eine Grillschürze und wendete gerade das Fleisch und ein paar Scheiben Auberginen, als er kurz von seiner Tätigkeit aufsah und den Kommissaren einen argwöhnischen Blick zuwarf. Das musste der ältere der beiden Aushilfskellner sein. Der Mann, den Sartorius Herrn Kapp genannt hatte.

Die Sitzgelegenheiten, die bunten Girlanden, die beiden großen Champagnerkühler mit den perlenden Flaschen, das Buffet, die Gäste – alles sah nach einer perfekten Grillparty aus. Doch die Musik war verstummt, die Teller und Gläser beiseitegestellt und die Blicke der Anwesenden wirkten ausnahmslos ernst. Hier würde vermutlich so schnell nicht wieder gelacht werden.

Doktor Sartorius hatte sich in der Mitte seiner Gäste aufgebaut und drehte sich mit einem zur Schau gestellten Lächeln zu den beiden Polizisten um.

»Tja, ich habe alle bereits im Groben davon unterrichtet, was für eine schreckliche Tragödie sich ereignet hat. Ich muss wohl nicht extra betonen, dass hier alle entsetzlich betroffen sind. Wie vor den Kopf geschlagen.«

»Ich wäre Ihnen dankbar gewesen, wenn Sie das uns überlassen hätten«, raunte Kolbe dem Gastgeber zu, als er an ihm vorbeitrat. Sein Blick wanderte über die Anwesenden. Unter ihnen erkannte er auch das Ehepaar Böhle. Keine Überraschung. Er hatte bereits bei seinem und Rieke Voss' Besuch heute Nachmittag gemutmaßt, dass die beiden sich auf dem Weg hierher befanden. Er hatte nur schlichtweg vergessen gehabt, sie danach zu fragen.

»Es wird leider unerlässlich sein, Ihnen allen einige Fragen zum Hergang der beiden gestrigen Abende sowie zum Verlauf des heutigen Tages zu stellen«, erklärte Kolbe mit fester Stimme. »Jeder noch so kleine Hinweis zu Marianne Scholten kann sehr wichtig sein. Ich darf Sie also bitten, sich hier zu unserer Verfügung zu halten. Meine Kollegin und ich werden Sie nacheinander zu uns bitten. Bei der Gelegenheit werden wir auch eine Kontrolle Ihrer Ausweispapiere vornehmen und eine Rufnummer notieren, unter der wir Sie im Bedarfsfall kontaktieren können.«

Unter den Anwesenden wurden Blicke getauscht. Hier und da wurde getuschelt. Andere wiederum sahen einfach nur betreten zu Boden oder ziellos in den Garten hinaus.

Einwände kamen keine, nicht einmal von Sartorius, der sich in sein Schicksal gefügt zu haben schien.

Kolbe hingegen hielt es für sehr wahrscheinlich, dass das angekündigte *Nachspiel* keine leere Worthülse war und bestimmt nicht lange auf sich warten lassen würde.

Er hätte in diesem Moment einen Eid darauf geschworen, dass sich unter den Augenpaaren, die ihn immer wieder verstohlen anblickten, auch das des Mörders befand. Kolbe und seine Kollegin würden ihm nachsetzen. Ab jetzt hatte die Jagd ganz offiziell begonnen.

Kapitel 21

»Stört Sie der Anblick etwa?«

Rieke Voss hatte den ersten Gast durch den breiten Korridor des Hauses geleitet. Dabei waren sie an dem Raum vorbeigekommen, der auf Kolbe ein paar Minuten zuvor noch eine so seltsame Faszination ausgeübt hatte. Rieke hatte die Tür absichtlich wieder geöffnet, um die Reaktion der Gäste, die nun alle zu Verdächtigen geworden waren, zu studieren.

Der Mann im aufgekrempelten Hemd und nagelneuer blauer Jeans hatte einen Blick riskiert ... und gelächelt.

»Sollte er es denn?«

Rieke winkte den Mann einen Raum weiter. Im sogenannten Lesezimmer hatte Doktor Sartorius ihr zähneknirschend einen kleinen Tisch freigeräumt. Um Stühle hatte sie sich selbst kümmern müssen, was sich jedoch nicht wirklich als Problem erwiesen hatte.

Der sonnengebräunte Mann, etwa vierzig Jahre alt, schlenderte aufreizend langsam hinter Rieke Voss her und ließ sich ebenso auf dem dargebotenen Stuhl nieder.

»Beginnen wir der Einfachheit halber mit Ihrem Namen«, schlug die Kommissarin vor, die in Ermangelung eines Diktiergeräts ihr Handy auf den Tisch legte, um die Befragung aufzuzeichnen.

»Stefan Haffner«, antwortete ihr Gegenüber. Er hatte eine bequeme Sitzposition eingenommen, die Beine übereinandergeschlagen. Er langte in die Brusttasche seines Hemds und angelte seinen Personalausweis heraus. Mit einem gewinnenden Lächeln schob er die Plastikkarte über den Tisch.

Rieke Voss warf einen flüchtigen Blick darauf.

»Sie wissen, was passiert ist«, begann sie. »Fangen wir also an. Ich frage Sie ganz direkt: In welcher Beziehung standen Sie zu Marianne Scholten?«

Haffner kratzte sich mit dem sorgsam manikürten Nagel seines rechten Daumens über die Stirn. »Sie sind eine, die gern gleich zur Sache kommt, hm? Finde ich gut. Also, was Mary Ann angeht ...«

Rieke hob sofort die Hände. »Einen Augenblick! Was haben Sie gesagt? Mary Ann?«

Haffner hob fragend die Augenbrauen. »Ach, Sie wussten gar nicht, dass man sie so nennt? Himmel, dann wissen Sie aber nicht viel.«

»Wer ist man?«, hakte die Kommissarin sofort nach.

Haffner machte eine wegwerfende Handbewegung. »Was weiß denn ich? Alle. Alle, die mit ihr zu tun hatten. Bis auf ihren Kerl natürlich, der arme Teufel. Das Weichei hat anscheinend überhaupt keine Ahnung, was bei seiner Frau Phase ist. Oder … vielmehr war.«

»Wollen Sie damit andeuten, dass Marianne Scholten sich als Prostituierte verkauft hat?«

»Nicht offiziell natürlich. Aber haben Sie die Frau mal gesehen? Ah, ja, klar, müssen Sie ja wohl.«

»Beantworten Sie bitte meine Frage, Herr Haffner.«

Er beugte sich nach vorne. »Das war eine Rassefrau. Eine, die sich dessen auch vollkommen bewusst war.« Haffner deutete auf die geschlossene Tür in seinem Rücken. »Der gute alte Doktor hat schon gewusst, warum er sie immer wieder eingeladen hat. Und sie ist ja auch jedes Mal hier aufgekreuzt. Klar hat sie Geld genommen.«

»Von Doktor Sartorius?«, warf Rieke ein.

Er schüttelte den Kopf. »Für den war sie nur ein Gast. Ein besonderer natürlich. Einer, der seine Partys ein bisschen aufgepeppt hat. Das Geld hat sie von den Männern bekommen, mit denen sie ab und an ins Hinterzimmer verschwunden ist.«

»Auch von Ihnen?«

»Logisch.« Haffner breitete die Arme auseinander.

Rieke Voss nickte. Ihr war übel. Sie musste sich ablenken, fixierte mit einem Blick ihr Handy, das sie dem Kerl gegenüber am liebsten um die Ohren geschlagen hätte.

»Sie haben also während der *drei tollen Tage* mit Marianne Scholten geschlafen. Einmal? Oder mehrmals?«

Haffner grinste. »Ist das für Sie von Bedeutung?«

»Vergessen Sie die Frage einfach. Ihr Beruf?«

»Wie bitte?«
»Was Sie beruflich machen. Womit verdienen Sie Ihr Geld?«
»Ich bin in der Automobilbranche tätig. Komme dabei viel herum.«
»Offensichtlich.« Rieke griff sich den Ausweis und notierte sich Haffners Adresse. Als sie fertig war, schnippte sie die Karte zurück über den Tisch. Sie schoss über die Kante hinaus. Haffner fing sie geschickt und mit einem breiten Grinsen auf, bevor er sie wieder lässig in seiner Brusttasche verschwinden ließ.

»Wie läuft so eine Party in diesem Haus für gewöhnlich ab?«, fragte die Kommissarin. »Ich meine diese Frage in Bezug auf Frau Scholten. Waren alle Gäste eingeweiht, oder wie muss ich mir das vorstellen?«

»Oh Mann«, antwortete Haffner lachend, »ich glaube, Sie haben eine vollkommen falsche Vorstellung. Natürlich weiß nicht jeder, was sie macht. Aber unter den interessierten Gästen spricht sich das natürlich herum. Ohne es an die große Glocke zu hängen. Ich meine, daran hat doch immerhin keiner Interesse.«

»Erst recht nicht, wenn man verheiratet ist, richtig?«

Wenn Haffner die spitze Bemerkung registriert hatte, ließ er es sich nicht anmerken.

»Die Abende verliefen vollkommen zwanglos. Man hat zusammen gegessen, getrunken, getanzt. Was Sie wollen. Natürlich hat man sich unterhalten, kam miteinander ins Gespräch. Bei Doktor Sartorius finden Sie lauter nette, aufgeschlossene Leute. Und Mary Ann ...«

»Ich wäre sehr dafür, sie weiter bei ihrem richtigen Namen zu nennen«, fuhr Rieke energisch dazwischen. »Eine Frage des Anstands und des Respekts, falls Sie davon schon mal gehört haben sollten.«

»Schön, gut. Also Marianne Scholten war ebenfalls eine sehr aufgeschlossene Frau. Das, was sie tat, hat ihr einfach Spaß gemacht. Sie hat sich nicht verkauft. Aber sie hatte nichts dagegen, das Geld zu nehmen, das ihr geboten wurde. Sie wollte ihr Leben einfach genießen, verstehen Sie? Einfach ausbrechen aus ihrem langweiligen Alltag mit einem Kerl, der alles andere als antörnend ist. Und dann dazu noch ein Kind.« Haffner lehnte sich zurück und rollte mit den Augen.

»Kam es zwischen Ihnen und Marianne Scholten zu einem Streit? Hatten Sie Meinungsverschiedenheiten?«

Haffner deutete auf seine breite Brust. »Meinungsverschiedenheiten? Ich? Mit Mary … mit Marianne?« Er lachte laut auf. »Wo denken Sie hin? Ich weiß überhaupt nicht, ob man sich überhaupt mit ihr streiten konnte. Ob sie dazu überhaupt fähig war, verstehen Sie? Nein, nein. Ich habe mich immer ausgesprochen gut mit ihr verstanden. Wir haben eine Menge Spaß zusammen gehabt. Und ob Sie es glauben oder nicht: Als ich das gerade eben gehört habe, war das ein ganz schöner Schock für mich. Ich werde sie wirklich vermissen.« Er legte seine rechte Hand auf seine linke Brusthälfte. Eine Geste, die die Polizistin anwiderte.

»Eine Frage, die wir jedem Gast heute Abend stellen werden: Wo waren Sie heute in der Zeit zwischen dreizehn und siebzehn Uhr?«

Haffner senkte den Kopf und lächelte leise in sich hinein. »Ich habe natürlich mit dieser Frage gerechnet. Und natürlich weiß ich, dass Sie mein Alibi überprüfen werden. Wenn ich denn eines hätte.«

Rieke Voss blickte auf. »Das ist keine direkte Antwort auf meine Frage. Wollen Sie, dass ich sie nochmal stelle?«

»Ich bin am Strand gewesen«, kam es schnell und plötzlich aus ihm heraus. »Fast den ganzen Vormittag, bis etwa siebzehn Uhr dreißig. Auf die Minute genau kann ich es nicht sagen. Sartorius hatte ab zwanzig Uhr eingeladen. Ich bin also zum Strandhotel, um mich frisch zu machen und mich umzuziehen.« Haffner deutete an sich herunter.

Rieke legte den Kopf leicht schräg. »Niemand, der Ihre Aussage bestätigen kann? Kein Hotelportier, kein Zimmernachbar? Keine lockeren Bekanntschaften vom Strand?«

Die letzte Frage zauberte ein erneutes Grinsen auf Haffners Lippen. »Ich hatte heute kein Glück. Bis jetzt.«
Die Kommissarin erwiderte das Lächeln ihres Gegenübers. »Wie ausgesprochen schade für Sie.«
»Was will man machen? Es gibt eben solche und andere Tage. War es das jetzt? Ich meine, verstehen Sie mich nicht falsch, ich könnte nämlich noch stundenlang mit Ihnen plaudern.«
»Daraus wird nichts«, erwiderte Rieke knapp. »Und um Ihre Frage zu beantworten: Ja, das war vorläufig alles. Bis auf eine Sache.«
Seine Mundwinkel zuckten leicht. »Und die wäre?«
»Ich würde gerne einen Blick unter Ihre Schuhe werfen.«
Haffners Lächeln erstarb von einer Sekunde auf die andere.

Kapitel 22

In der Küche lief die Geschirrspülmaschine.

Auf dem rustikalen Holztisch am Fenster hatte sich Gerret Kolbe einen Platz gesucht. Er hatte nicht in jenes andere Zimmer gehen wollen. Nicht im Augenblick, wo jene höchst irritierenden Eindrücke aus der Vergangenheit noch so frisch erschienen.

Vor Kolbe lag eine karierte Kladde, in der er Stichworte, Details und besondere Beobachtungen eintrug. Sprich: Alles, was bei der laufenden Ermittlung zu einem Fall irgendwann einmal wichtig werden konnte.

In der Tür zur Küche tauchte der Mann auf, der Kolbe und Voss in dieses Haus gelassen hatte.

»Keine Angst, Herr Cordes, ich beiße für gewöhnlich nicht. Kommen Sie ruhig näher.« Kolbe deutete auf den freien Stuhl an der Stirnseite des Tisches.

Der Angesprochene gehorchte. Mit festen Schritten trat er auf seinen Platz zu und setzte sich.

Währenddessen klingelte es an der Haustür. Die Spurensicherung war eingetroffen.

Rieke Voss tauchte an der Schwelle zur Küche auf und gab Kolbe ein kurzes Zeichen, dass sie sich kümmern würde.

Der Kommissar nickte ihr zu und sah sie im Korridor verschwinden. Sie hatten einen verdammt blöden Start in ihre Zusammenarbeit gehabt. Kolbe wusste noch nicht, wie er der Frau in den kommenden Tagen begegnen sollte. Um Feindschaften zu pflegen, war diese Insel dann doch zu klein. Vor allem, wenn man sich auch noch ein Büro zusammen teilen musste.

Kolbe verscheuchte diese Gedanken, erhob sich von seinem Platz und schloss die Küchentür, sodass sie ungestört waren. Als er sich wieder setzte, deutete er auf das Diktiergerät, das er bereits auf dem Tisch parat gelegt hatte.

»Sind Sie einverstanden, dass ich unser Gespräch aufzeichne?«

»Sicher.« Cordes, ein dunkelhaariger Typ, eher schmächtig statt sportlich, unterstrich seine Zustimmung mit einem Nicken.

»Fein. Ich muss Sie außerdem darüber aufklären, dass Sie das Recht haben, eine Aussage zu verweigern. Wollen Sie von diesem Recht Gebrauch machen?«

Cordes schüttelte den Kopf, lächelte dabei flüchtig.

Kolbe nickte, schaltete das Gerät ein und drückte die Aufnahmetaste. Es folgten die üblichen Fragen zur Person. Henning Cordes stammte gebürtig aus Bad Zwischenhahn in der Nähe von Bremen, hatte nach der Schule eine Ausbildung zum Hotelfachmann absolviert. Nach einigen Jahren in Wilhelmshaven hatte es ihn wieder zurück in die unmittelbare Heimat verschlagen, wo er sich die letzten Jahre als Saisonarbeiter in der Gastronomie durchgeschlagen hatte.

»Wie haben Sie denn Doktor Sartorius kennengelernt?«, fragte Kolbe, um diesen Teil der Vernehmung abzuschließen.

»Durch Hinrich, meinen Kollegen.«

Kolbe überflog die Liste der Anwesenden, die er neben sich liegen hatte. »Hinrich Kapp?«

»Ja, genau der. 'Tschuldigung. Herr Kapp arbeitet schon seit einigen Jahren für den Doktor. Wir kannten uns aus Wilhelmshaven, und er gab mir den Tipp, mich hier zu melden, weil Sartorius noch eine weitere Kraft benötigte.«

»Verstehe«, erwiderte Kolbe. Er blickte von seiner Liste auf. »Herr Cordes, Sie waren die letzten drei Tage in diesem Haus anwesend. Ich nehme an, dass Sie in dem Zuge auch dem Mordopfer Frau Marianne Scholten begegnet sind. Sie wissen, von wem die Rede ist?«

»Ja, sicher weiß ich das«, räumte Cordes sofort ein. »Frau Scholten ist … sie *war* eine Frau, die auffiel. Eine, die man nicht gleich vergisst, wenn man ihr begegnet.«

»Mh«, machte Kolbe und dachte an die Fotografien, die Hajo Scholten zur Fahndung zur Verfügung gestellt hatte. Insgeheim dachte er, dass Cordes da gerade eine durchaus treffende Beschreibung der Dame abgegeben hatte.

Der Kommissar sah auf sein Handy. Eingehende Nachricht von Rieke Voss, die ihn über die jüngsten Erkenntnisse die Tote betreffend in Kenntnis setzte. Er überflog die Zeilen und drückte die Nachricht weg, bevor er sich wieder seinem Gegenüber zuwandte.

»Sie sind über die … speziellen Besonderheiten von Doktor Sartorius' Partys informiert?«, fragte er.

Cordes machte ein fragendes Gesicht. »Sie meinen …?«

»Ich meine die Tatsache, dass es in diesem Haus ein Zimmer gibt, das offenbar vorzugsweise von Frau Scholten genutzt wurde.«

»Oh, das!«, entfuhr es Cordes. Der Kellner veränderte seine Sitzposition. »Ja, das ist mir bekannt. Um ehrlich zu sein, hatte mich Herr Kapp bereits vorgewarnt. Er sagte, es gäbe da immer wieder mal weibliche Gäste, die eigens von Sartorius eingeladen wurden, um mit ihnen … naja, Sie wissen schon … auf dem Zimmer zu verschwinden. Vor Frau Scholten gab es da schon eine oder zwei andere.«

»Was haben Sie von diesem Betrieb mitbekommen?«

»Wenig«, lautete Cordes' Antwort. »Ich meine … natürlich kam es vor, dass Hinrich oder ich mitbekamen, wenn sie mal wieder mit einem nach nebenan verschwunden ist, aber … wir waren ja informiert. Und irgendwann hört selbst so ein ungewöhnlicher Vorgang auf, interessant zu sein, wenn Sie verstehen, was ich meine.«

»Sie wollen sagen, dass dieser Betrieb … ich weiß nicht, wie ich es anders formulieren soll … mehr oder weniger normal für Sie und Herrn Kapp war?«

Cordes zuckte mit den Schultern. »Ja.«

Kolbe atmete tief ein und ließ die Luft darauf geräuschvoll aus seinen Lungen entweichen.

»Gehen wir mal zum gestrigen Abend zurück. Es waren dieselben Leute da wie jetzt. Können Sie mir sagen, zu wem Frau Scholten gestern Abend Kontakt hatte? Nebenan meine ich?«

»Tut mir leid, aber ich weiß nicht, ob ...« Cordes brach ab und sah den Kommissar mit einer Spur von Verzweiflung an.

»Sie können es mir sagen«, beharrte Kolbe. »Soweit ich kann, werde ich Ihre Angaben vertraulich behandeln. Es sei denn natürlich, sie sind für den Tathergang relevant.«

»Verstehe«, gab Cordes zurück. »Nun ja. Also, ich bin mir ziemlich sicher, dass ich Herrn Haffner gesehen habe, wie er ... wie er in dem Zimmer verschwunden ist. Ich war gerade im Begriff, ein Tablett Champagner nach draußen zu bringen, als mir Frau Scholten entgegenkam.«

»Hat sie etwas zu Ihnen gesagt?«

»Nein. Sie hat mir zugezwinkert. Das tat sie oft. Und nicht nur bei mir.«

»Sie haben gesehen, wie Frau Scholten zu Herrn Haffner in das Zimmer ging?«

»Ja.«

»Haffner also«, wiederholte Kolbe und blickte den Kellner an. »Sonst noch jemand?«

»Ich vermute es. Aber ich kann es nicht mit Bestimmtheit sagen.«

»Versuchen Sie es trotzdem«, riet Kolbe.

Cordes beugte sich auf seinem Stuhl nach vorne. Seine Stimme wurde leiser, nahm einen vertraulicheren Ton an.

»Es muss um kurz nach Mitternacht gewesen sein. Ich war gerade von der Terrasse zurückgekommen, wo ich Getränke serviert hatte. Ich hatte auch Frau Scholten ein Glas angeboten und sie ... sie nahm gleich zwei. Das war für mich schon so etwas wie ein Zeichen. Und tatsächlich sah ich sie nur eine Minute später, wie sie durch die Glastür bei der Terrasse hereinkam und dann im Korridor verschwand.«

»Um nach nebenan zu gehen«, mutmaßte Kolbe.

»Nun, wie gesagt: Sie hatte zwei Gläser Champagner dabei.«

»Das ist alles?«

»Das ist alles«, räumte Cordes ein und fügte nach einer kurzen Pause hinzu: »Hin und wieder muss ich ja auch mal meiner Arbeit nachgehen.« Er versuchte, zu lächeln, doch das Unternehmen misslang kläglich.

»Sagen Sie«, fuhr Kolbe etwas gedehnt fort, »für Sie und Herrn Kapp kamen die Dienstleistungen von Frau Scholten wohl nicht infrage?«

»Was?«

Cordes starrte den Kommissar an. Dann brach er in ein prustendes Lachen aus, für das er sich sogleich entschuldigte. »Nein, das kam überhaupt nicht infrage. Allein schon, weil der Doktor das wohl nicht gerne gesehen hätte. Abgesehen davon war Frau Scholten sicher eine Preisklasse, die meine Verhältnisse deutlich übersteigt.«

»War vielleicht auch eine dumme Frage von mir«, räumte der Kommissar ein. »Am besten, Sie vergessen sie gleich wieder.«

Cordes hob beschwichtigend die Hände. »Kein Problem. Schon passiert.«

Kolbe zwinkerte seinem Gegenüber zu, wurde aber sofort wieder ernst. »Kommen wir jetzt zum heutigen Tag. Nach dem, was wir bisher wissen, müssen wir annehmen, dass Frau Scholten schätzungsweise zwischen vierzehn und fünfzehn Uhr getötet wurde. Es ist nicht auszuschließen, dass sie sich hier mit dem Täter verabredet hat. Weiter gehen wir davon aus, dass der Täter einen Schlüssel verwendet hat, um ins Haus zu gelangen. Können Sie sich denken, woher er den hatte?«

»Ich weiß, dass Frau Beyfuß einen hat«, antwortete Cordes. »Und natürlich weiß ich, dass draußen vor dem Eingang noch einer deponiert ist. Der ist für Hinrich … Herrn Kapp … und mich bestimmt.«

»Für niemanden sonst?«

»Nein. Nicht, dass ich wüsste. Das Versteck … der Blumenkübel … ist allerdings nicht besonders originell, wie ich finde.«

»Da sind wir schon zwei«, bemerkte Kolbe. »Es ist also nicht auszuschließen, dass auch die Gäste von diesem Schlüssel wussten?«

»Das weiß ich nicht genau«, gab Cordes zu. »Möglich, dass Sartorius es selbst mal erwähnt hat. Herr Kapp und ich haben diese Information bestimmt nicht weitergetragen.«

»Wo waren Sie zu der fraglichen Zeit, Herr Cordes?«

»Heute Nachmittag ab vierzehn Uhr?«

Cordes bewegte sich unruhig auf seinem Stuhl hin und her. »Tja, wissen Sie, das ist so eine Sache ... ich bin nämlich hier gewesen.«

Kolbe sah den Mann auf dem Stuhl mit einem durchdringenden Blick an. »Wie bitte?«

Cordes lächelte flüchtig. »Ich weiß, das ist jetzt bestimmt so etwas wie eine Überraschung für Sie. Ich bin mit der Fähre vom Festland rübergekommen. Weil es so heiß war, bin ich am Strand gewesen. Und da fiel mir plötzlich ein, dass ich mich noch nicht um den Kühlschrank im Gartenhaus gekümmert hatte.«

Kolbe blinzelte. »Was hat es damit auf sich?«

»Doktor Sartorius hat drüben im Gartenhaus einen zweiten Kühlschrank stehen, wo wir meistens Getränke kaltstellen. Das Ding hat aber vorgestern den Geist aufgegeben. Also bin ich nochmal kurz hierher und habe die Flaschen vom Gartenhaus hier herüber geholt, um sie noch irgendwie in den Kühlschrank zu stopfen.«

»Wann genau war das, Herr Cordes? Es wäre sehr wichtig, wenn Sie mir einen genauen Zeitpunkt nennen könnten.«

Cordes blickte nachdenklich zur Wand hinüber und ließ die Luft aus seinen Lungen, während er überlegte.

»Gute Frage. Man sieht ja nicht immer auf die Uhr. Ich schätze aber, dass es ziemlich genau um vierzehn Uhr gewesen sein muss.«

»In Ordnung. Sie benutzten den hinterlegten Schlüssel, um ins Haus zu gelangen, nehme ich an?«

»Das ist richtig.«

»Was genau haben Sie dann getan?«

Cordes zuckte mit den Schultern. »Wie gesagt: Ich bin raus zum Gartenhaus und habe die Flaschen umgelagert, damit der Champagner am Abend die richtige Temperatur hat. Danach bin ich auch schon wieder raus und habe hinter mir abgeschlossen. Es waren ja noch mindestens vier Stunden hin, bis ich mich mit Herrn Kapp wieder hier treffen wollte.«

»Sie kehrten dann erst um achtzehn Uhr hierher zurück«, sagte Kolbe.

»Ja«, bestätigte Cordes. »Fast zeitgleich mit meinem Kollegen. Er hatte noch den Grill vorzubereiten. Wir haben dann noch zusammen den Tisch eingedeckt. Frau Beyfuß hat uns dabei geholfen. Sie hat mich übrigens gesehen.«

»Wobei?«, hakte Kolbe nach.

»Wie ich mit der Fähre angekommen bin. Ich traf sie bei der Inselbahn.«

Kolbe nickte. »In Ordnung. Als Sie gegen vierzehn Uhr dieses Haus betreten haben, ist Ihnen da vielleicht etwas Ungewöhnliches aufgefallen?«

Cordes wurde still. Sein Gesicht nahm einen nachdenklichen Ausdruck an.

»Seltsam, dass Sie danach fragen. Ich habe nämlich tatsächlich etwas bemerkt. Ich hatte es nur schon wieder vergessen, weil es mir nicht wichtig vorkam.«

»Bitte fahren Sie fort.«

Cordes räusperte sich dezent. »Da war so ein Geruch im Raum. Im Wohnzimmer, wissen Sie? Ein Geruch nach Lavendel. Ein Damenparfüm.«

»Könnte es dasselbe gewesen sein, das Marianne Scholten benutzte?«

»Ich glaube ja. Aber es war nur so ein … wie sagt man …«

»Ein flüchtiger Eindruck?«, half Kolbe aus.

Cordes tippte mit seinem rechten Zeigefinger in die Richtung des Kommissars. »Ganz genau!«

Kolbe schwieg für einen Moment. Seine Gedanken kreisten um den Mörder und sein Opfer. Eine Verabredung. Es musste eine Verabredung zwischen beiden gewesen sein. Hatte der Mörder Marianne Scholten ins Haus gelassen? Ein eigener Schlüssel zum Haus hatte sich jedenfalls nicht in ihren Sachen befunden.

Kolbe blickte den Mann auf dem Stuhl ernst an. »Das war vorläufig alles, Herr Cordes. Ich danke Ihnen.«

»Keine Ursache.« Der Kellner rutschte auf dem Stuhl nach vorne, machte jedoch keine Anstalten, aufzustehen.

»Ist noch etwas?«, fragte der Kommissar.

»So wie die Sache im Augenblick aussieht«, begann Cordes zögernd, »habe ich den Mörder wohl nur ganz knapp verpasst, oder?«

»Es sieht ganz danach aus, Herr Cordes.«

Kapitel 23

Kolbe trat zu Rieke Voss in das Lesezimmer. Er klopfte leise an.

Die blonde Kommissarin war dabei, einige Notizen zu sortieren, die sich auf kleinen pinkfarbenen Haftzetteln befanden. Sie klebte sie auf einem weißen Blatt neu zusammen.

»Gibt es etwas Neues von der Spurensicherung?«, fragte er, während er näher trat.

Sie hob den Kopf. »Auf dem Teppich im Wohnzimmer wurden Haare und winzige Knochensplitter gefunden, die aller Wahrscheinlichkeit nach vom Kopf der Toten stammen. Die Wolldecke, in die die Leiche eingewickelt war, stammt nach Doktor Sartorius' Angaben aus diesem Haus.«

»Irgendwelche Informationen oder Erkenntnisse über die Tatwaffe?«

»Fehlanzeige«, gab sie zurück. »Gesucht wird nach wie vor der berühmte stumpfe Gegenstand.«

Kolbe lächelte gequält.

»Dann haben wir also Gewissheit darüber, dass der Mord tatsächlich hier stattgefunden hat.«

Rieke Voss nickte. »Der Täter muss die Leiche durch die Terrassentür nach draußen gebracht haben. Die Spuren im Garten sind zwar unbrauchbar, aber die Kollegen haben hinter dem Gartenhaus eindeutige Fußabdrücke gefunden. Außerdem die Stelle, an der die Leiche vermutlich einige Stunden zwischengelagert war.«

»Zwischengelagert?«

»Blödes Wort dafür, ich weiß. Aber der Täter hat die Leiche aller Wahrscheinlichkeit nach hinter dem Gartenhaus versteckt, bis es langsam dunkel wurde. Erst dann hat er sie rüber in den Wald geschafft.«

»Das heißt, er ist noch einmal hierher zurückgekommen.«

Kolbe erzählte seiner Kollegin in knappen Worten von Cordes' Aussage.

Rieke Voss schob ihren Notizzettel beiseite. »Cordes hätte um ein Haar zu einem verdammt wichtigen Zeugen werden können.«

»Oder zu einem verdammt toten Kellner«, ergänzte Kolbe trocken.

»Nicht witzig«, gab Rieke zurück. Als sie von ihrem Platz aufstand, streckte sie sich. »Ich werde mich jetzt mit den beiden Böhles befassen. Die scheinen mir genau wie dieser widerliche Haffner zum harten Kern der Truppe zu gehören.«

Sie drängte sich an Kolbe vorbei. »Ist noch was?«

»Nein.«

Dennoch blieb sie stehen, sah ihn an. »Sie scheint Ihr Erlebnis von vorhin noch zu beschäftigen. Und ich dachte, Sie wären noch nie auf Langeoog gewesen.«

»Das habe ich bis heute auch gedacht«, antwortete Kolbe. »Meine Eltern haben eine Zeit lang hier gelebt. Nach dem Tod meiner Mutter ist mein Vater weggezogen. Er hat mir gesagt, dass ich Langeoog nie kennengelernt habe. Aber jetzt ...«

»Zweifeln Sie daran?«

Er sah Rieke durchdringend, fast verzweifelt an. »Ja, allerdings. Woher kommen sonst die Erinnerungen, die plötzlich da sind?«

Rieke Voss zuckte mit den Schultern. »Klingt so, als sollten Sie mit Ihrem Vater mal ein ernstes Wörtchen reden.«

»Ja«, sagte Kolbe nachdenklich, »das sollte ich wohl.«

Ihr Blick ruhte noch für einen Moment auf ihm, dann wandte sie sich ab und öffnete die Tür.

Kolbe trat über die Schwelle, hinaus in den Korridor, wo der Kellner Hinrich Kapp bereits auf einem Stuhl hockte und wartete.

Kolbe forderte den Mann auf, ihm in die Küche zu folgen.

Kapp trat ein und blieb steif auf einer Stelle stehen.

»Sie dürfen sich ruhig setzen«, sagte Kolbe, nachdem er die Tür verschlossen hatte.

»Danke«, erwiderte der Mann knapp, zog sich den Besucherstuhl zurecht und ließ sich darauf nieder.

Aufmerksam blickte der Mittfünfziger den deutlich jüngeren Kommissar an, wie dieser gegenüber Platz nahm.

Der Geschirrspüler war in vollem Gange und gab einen wiederkehrenden Beat vor. Kolbe deutete in die Richtung des Gerätes.

»Ich hoffe, das Ding stört Sie nicht.«

Kapp schüttelte den Kopf. »Ich wäre Ihnen dankbar, wenn wir diese Sache so schnell wie möglich hinter uns bringen könnten.«

»Natürlich«, räumte Kolbe ein. »Geht es Ihnen nicht gut?«

»Ich habe vergangene Nacht schlecht geschlafen. Die Hitze macht mir zu schaffen.«

»Ah ja. Gut, dann wollen wir Sie mal nicht länger quälen.«

Kolbe wiederholte das Prozedere, das er bereits bei Cordes durchgeführt hatte. Formalitäten, die erledigt werden mussten, wenn die Aussagen der Vernommenen auch später noch Bestand haben sollten.

»Marianne Scholten«, lenkte Kolbe die Vernehmung schließlich auf das eigentliche Thema. »Wie gut haben Sie die Frau gekannt?«

»Im Grunde gar nicht«, antwortete Kapp kalt.

»Aber Sie arbeiten doch schon seit mehreren Jahren für Doktor Sartorius. Sie müssen Frau Scholten doch oft begegnet sein.«

»Natürlich bin ich das. Aber Sie fragten, wie gut ich sie gekannt habe. Und ich sage: Ich kannte sie so gut wie gar nicht, denn ich habe kaum je ein Wort mit ihr gewechselt.«

»Sie konnten die Frau nicht ausstehen?«

»Nein, konnte ich nicht.«

Kolbe nickte. »War es aufgrund der Beschäftigung, der sie in diesem Haus nachging?«

»Ich mochte alles nicht, was diese Frau verkörperte. Verzeihen Sie, wenn ich das so offen sage, aber ich hielt sie für ein billiges Flittchen. Und das ist sie ja wohl auch gewesen.«

»Sie wussten demnach, was Frau Scholten hier tat?«

Kapp saß stocksteif auf seinem Stuhl, die Hände in seinem Schoß verborgen.

»Natürlich wusste ich es. Und das hat sie mir nicht sympathischer gemacht. Ich meine ... wo leben wir denn hier? Sie war eine verheiratete Frau! Sie hat ihrem Mann irgendwann mal geschworen, ihm treu zu sein. Was soll so etwas, wenn man sich am Ende doch nicht daran hält?«

Kolbe nickte. Einfach, um eine Reaktion zu zeigen. »Was wissen Sie über die Ehe der Scholtens? Haben Sie Hajo Scholten je kennengelernt?«

»Nein«, gab Kapp zurück. »Obwohl ich das wirklich gerne mal getan hätte. Ich hätte ihm erzählt, was seine Frau da hinter seinem Rücken treibt, diese schamlose Person.«

»Hatten Sie jemals Streit mit Marianne Scholten?«

»Nein, nie. Sie wusste allerdings, dass ich sie nicht ausstehen konnte. Und es beruhte wohl auf Gegenseitigkeit. Aber das hat mich nie gestört. Im Gegenteil. Ich war froh, in keiner engeren Beziehung zu dieser Person zu stehen.«

»Wissen Sie, mit wem Frau Scholten vergangene Nacht im Zimmer nebenan gewesen ist?«

Kapp stellte einen pikierten Gesichtsausdruck zur Schau. »Nein. Darüber weiß ich nichts, und darüber will ich auch nichts wissen. Alles, was diese Person tat, war mir extrem zuwider.«

»Ihr Kollege Herr Cordes will Herrn Haffner gesehen haben. Und möglicherweise noch eine zweite Person.«

»Das mag sein oder nicht«, entgegnete Kapp. »Ich habe es jedenfalls vorgezogen, meiner Arbeit nachzugehen.«

»Schön«, machte Kolbe und wechselte das Thema. »Wann sind Sie heute hier eingetroffen, Herr Kapp?«

»Das war um Punkt achtzehn Uhr. Ich kam zur gleichen Zeit wie Herr Cordes hier an. Wir hatten uns verabredet, um noch ausreichend Zeit für die Vorbereitungen zu haben, bevor Herr Doktor Sartorius nach Hause kam und der Cateringservice das warme Essen vorbeibrachte.«

»Benutzten Sie den Schlüssel unter dem Blumenkübel, um ins Haus zu gelangen?«

»Nein. Herr Cordes und ich haben geklingelt. Immerhin war Frau Beyfuß ja schon da.«

»Ich verstehe«, antwortete Kolbe. »Und wie steht es um den Zeitraum zwischen vierzehn und fünfzehn Uhr? Wo waren Sie da, Herr Kapp?«

»In meinem Haus hier auf der Insel«, kam es spontan zurück.

»Die ganze Zeit über?«

»Die ganze Zeit über. Ich bin nicht raus, weil ich die Hitze nicht gut vertrage.«

Kolbe nickte. »Haben Sie jemanden, der diese Aussage bezeugen kann?«

»Ich lebe allein. Ich bin Junggeselle.« Wieder sah Kapp pikiert drein.

»Ich kenne Junggesellen, die vermutlich eine Menge Zeugen beibringen könnten«, bemerkte Kolbe und kassierte dafür einen missbilligenden Blick.

»Tut mir leid, wenn ich Ihnen damit nicht dienen kann. Sie werden wohl meine Aussage so hinnehmen müssen, Herr Kommissar.«

»Ja«, antwortete Kolbe. »So lange, bis sie sich als richtig herausstellt oder ich Ihnen das Gegenteil beweise.«

Ein kurzes Zucken der Mundwinkel. Kapp zeichnete sich ansonsten nicht nur durch Steifheit aus; er verkörperte sie geradezu in seiner Haltung.

»Ich danke Ihnen für Ihre Mithilfe«, sagte Kolbe. »Sie haben es überstanden und dürfen jetzt gehen.«

Kapp stand auf und nickte knapp. Er drehte sich um und hatte die Hand bereits auf der Türklinke liegen, als Kolbe ihn noch einmal zurückrief.

»Können Sie mir verlässlich sagen, wann Sie Marianne Scholten das letzte Mal lebend gesehen haben?«

Kapps Gesichtszüge verhärteten sich. »Dazu hätte ich sie wahrnehmen müssen, wenn ich ihr begegnet bin. Das war aber nie der Fall. Ich nehme an, dass ich jetzt trotzdem gehen kann?«

Kapitel 24

Klaus Böhle trat in das Lesezimmer. Er machte einen leicht gehetzten Eindruck. Schwitzte, hatte seine Krawatte gelockert und sich seines Sakkos entledigt.

»Schließen Sie bitte die Tür hinter sich«, wies ihn Rieke Voss an.

Böhle tat, was von ihm verlangt wurde, kam näher, setzte sich. Er schlug die Beine übereinander, zog eine Zigarette aus der Packung in seiner Brusttasche und blickte sich suchend nach einem Aschenbecher um.

»Tja, wer hätte das gedacht? Eine scheußliche Sache, die sich da abgespielt hat. Meine Frau und ich sind noch ganz fassungslos.« Böhle hangelte in seinen Taschen nach einem Feuerzeug. Die Zigarette zitterte leicht zwischen seinen trockenen Lippen.

»Mir wäre es lieber, wenn Sie hier nicht rauchen«, bemerkte die blonde Kommissarin.

Böhle setzte ein flüchtiges, entschuldigendes Lächeln auf und nahm den Glimmstängel aus dem Mund. Er stopfte ihn achtlos in seine Brusttasche zurück.

»Sie wollen mit mir über Marianne Scholten sprechen. Ich fürchte nur, dass ich Ihnen da wenig weiterhelfen kann.«

»Beginnen wir damit, wie gut Sie die Frau gekannt haben«, schlug Rieke vor.

»Gekannt, gekannt«, wiederholte Böhle leise. »Was heißt das schon? Wir sind beide sehr enge Freunde von Doktor Sartorius. Natürlich bleibt es nicht aus, dass man sich da bei einem Anlass wie diesem über den Weg läuft.«

»Untertreiben Sie da nicht gerade ein wenig? Ich meine … immerhin haben Sie hier drei Tage, beziehungsweise Nächte, miteinander gefeiert. Und so groß war der Kreis der geladenen Gäste ja nun auch nicht.«

Böhle breitete kurz die Arme aus, bevor er sie vor seiner Brust verschränkte. »Was wollen Sie denn von mir hören?«

»Haben Sie mit Marianne Scholten geschlafen?«

Kurzes Schweigen. Böhle durchbrach es mit einem heiseren Lachen. »Ich muss schon sagen, Sie stellen mir da Fragen ...«

»Ist sie nicht ganz einfach zu beantworten?«, hakte die Kommissarin nach.

»Die Antwort lautet nein. Ich hatte keinen ... Verkehr mit ihr.«

Jetzt war es Rieke, die schwieg. Sie ließ ihren Blick auf Böhle ruhen, dessen Finger seiner rechten Hand auf seinen Oberarm trommelten. Als er sich seiner Geste bewusst wurde, veränderte er seine Sitzposition, nahm die Arme herunter.

»Wann sahen Sie Marianne Scholten zuletzt?«

Er zuckte mit den Schultern. »Da muss ich überlegen. Um Mitternacht hat Sartorius ein kleines Feuerwerk veranstaltet. Nichts Großes, wegen der Tiere überall, Sie verstehen. Aber ziemlich danach sind Nicole und ich mit dem Rad zu unserer Ferienwohnung aufgebrochen. Und da ... ja, da habe ich Frau Scholten gesehen. Sie war ...«

»Ja?«

»Sie kam zu uns auf die Terrasse, als das Feuerwerk fast vorbei war. *Sie haben ja das Beste verpasst*, hab ich zu ihr gesagt.«

»Was hat sie darauf erwidert?«

»Sie hat gelächelt und gemeint, das läge immer im Auge des Betrachters.«

»Wissen Sie, woher Frau Scholten zuvor gekommen war?«

»Nein, das ... das weiß ich nicht. Wie gesagt, ich war bei meiner Frau und den anderen auf der Terrasse. Wir haben uns alle das Feuerwerk angesehen.«

»Vermutlich nicht alle.«

Böhle blinzelte. »Was meinen Sie damit?«

Rieke Voss beugte sich vornüber, legte ihre Unterarme über Kreuz auf die Tischplatte.

»Wir vermuten, dass Frau Scholten letzte Nacht mindestens zwei Freier hatte. Die Identität des ersten ist bereits geklärt. Nur der zweite fehlt uns noch.«

»Was sehen Sie mich dabei so an?«, schnappte Böhle. »Ich habe Ihnen doch schon gesagt, dass ich nicht ...«

»Ich weiß noch sehr gut, was Sie gesagt haben, Herr Böhle. Aber das heißt noch lange nicht, dass ich Ihnen glaube.«

Er fuhr sich mit der Zungenspitze über seine Lippen. »Was Sie glauben oder nicht, ist ganz allein Ihre Sache.«

»Richtig«, räumte Rieke ein. »Aber Ihnen ist doch sicher klar, dass ich Ihre Aussagen mit denen aller anderen hier abgleichen werde, inklusive Ihrer Frau, die noch draußen wartet.«

»Ja, sicher. Weiß ich.«

»Sind Sie sicher, dass Sie mir nicht noch etwas zu sagen haben?«, hakte die Kommissarin nach.

Aus Böhles Kehle drang ein verzweifeltes Krächzen. »Also schön. Mein Gott, ja. Ich … ich hatte vergangene Nacht Sex mit ihr. Im Nebenzimmer. Sind Sie jetzt zufrieden?«

Rieke Voss schüttelte den Kopf. »Nicht wirklich. Warum haben Sie vorhin die Unwahrheit gesagt?«

Auf Böhles Gesicht zeigten sich hektische rote Flecken. »Meine Güte, können Sie sich denn das nicht denken? Da draußen wartet meine Frau, wie Sie gerade selbst gesagt haben. Denken Sie etwa, sie wüsste davon?«

»Tut sie es?«

»Natürlich nicht, verdammt!« Böhle schlug mit der flachen Hand auf den Tisch. Der Aufnahmepegel auf Riekes Handy schoss für einen Moment in den dunkelroten Bereich.

Die Kommissarin blickte ihr Gegenüber fragend an.

»Fühlen Sie sich jetzt besser?«

Klaus Böhle griff sich an den Hals, stellte dann jedoch fest, dass er den Knoten seiner Krawatte bereits gelöst hatte. Er beugte sich vor, legte seine Handflächen wie zu einem Gebet zusammen.

»Können Sie sich denn nicht vorstellen, in welche Schwierigkeiten ich komme, wenn Nicole davon erfährt? Ich wäre ruiniert. Sie … sie würde mich sofort rauswerfen und die Scheidung einreichen.«

»Mit einigem Recht, finden Sie nicht?«

Böhle machte eine wegwerfende Handbewegung. »Ja, natürlich. Sie haben gut reden. Ich … ich wollte das überhaupt nicht. Anfangs. Aber Mary Ann …«

»Interessant, dass Sie sie auch so nennen.«

Böhle zeigte sich unbeeindruckt. »Diese Frau hatte es gestern geradezu darauf angelegt, mich rumzukriegen. Ich … ich weiß nicht, was es war. Ob sie dringend Geld brauchte oder ob es eine Art Sport für sie gewesen ist. Fragen Sie mich nicht. Ich weiß nur, dass sie mir ab einem gewissen Zeitpunkt nicht mehr aus dem Kopf ging. Sie war irgendwie ständig in meiner Nähe. Scheinbar zufällige Berührungen. Dieses ganze Spiel eben. Mein Gott, Sie müssen es doch kennen, Sie sind doch immerhin auch eine Frau.«

Gegen ihren Willen musste Rieke Voss lachen. »Entschuldigen Sie, aber ich glaube nicht, dass ich viel mit Marianne Scholten gemein habe.«

»Wie auch immer«, fuhr Böhle fort, »irgendwann hatte sie mich so weit. Ich … ich konnte an gar nichts anderes mehr denken. Ich hatte etwas getrunken und …«

»Der Alkohol«, warf Rieke ein, als Böhle nicht weitersprach. »Wie gut, dass man den für nahezu alles gebrauchen kann.«

Böhle schluckte schwer. Schweiß perlte in dicken Tropfen auf seiner Stirn. Er angelte nach einem Taschentuch und tupfte ihn weg.

»Meine Frau hat sich mit Sartorius unterhalten. Er hat ihr lange von seinen Reisen erzählt. Alles Mögliche. Inzwischen weiß ich, dass er involviert war.«

Riekes Augen weiteten sich. »Doktor Sartorius?«

Böhle zuckte mit den Schultern. »Er hat meine Frau abgelenkt. Ich … mein Gott, ich komme mir dabei so schäbig vor.«

»Erzählen Sie weiter.«

»Ich bin dann ins Hinterzimmer. Wenig später kam Marianne dazu. Sie hielt zwei Gläser Champagner in der Hand.«

»Viel Zeit scheinen Sie sich beide aber nicht gelassen zu haben.«

»Nein. Wir sind wie zwei wilde Tiere übereinander hergefallen. An mehr kann ich mich kaum noch erinnern. Die ganze Situation war einfach … grotesk. Ich habe dann die Abkühlung gebraucht. Ich habe das Glas Champagner heruntergestürzt. Als ich dann wieder aus dem Raum bin, bin ich fast gerannt. Es war wie eine Flucht, verstehen Sie?« Böhle stieß einen leisen, ächzenden Laut aus.

»Sie haben Nerven, das muss man Ihnen lassen«, bemerkte Rieke Voss ironisch.

Sie hatte mit keiner Reaktion darauf gerechnet. Umso überraschter war sie, als Böhle heftig den Kopf schüttelte.

»Nein. Ich habe seitdem überhaupt keine Nerven mehr. Ständig befürchte ich, dass noch etwas ans Licht gerät.«

»Sie sprechen von Ihrem Seitensprung.«

Böhle riss die Augen auf, sodass sie fast aus den Höhlen quollen. »Natürlich! Wovon denn sonst?«

»Ihre Frau ist vermögend?«

Wieder ein leises Ächzen. »Was soll das denn jetzt?«

Rieke hob beschwichtigend ihre Hände. »Bitte beruhigen Sie sich, Herr Böhle, und beantworten Sie meine Frage. Ich bekomme es ja doch heraus. Ist Ihre Frau vermögend?«

»Ja«, sagte er leise. Er war jetzt auf seinem Stuhl zusammengesunken und hatte kaum noch Ähnlichkeit mit dem Mann, der diesen Raum vor einigen Minuten betreten hatte.

»Sie ist eine der Erbinnen des Reeders Gustav Heegendorn. Nicole ist eine entfernte Cousine oder etwas in der Art. Jedenfalls ist sie die alleinige Inhaberin unserer Firma. Ich bin nur ihr Angestellter. Und wenn … wenn auch nur der kleinste Verdacht besteht, dass ich etwas mit der Toten hatte, dann … naja, Sie können sich ja wohl vorstellen, was dann passiert.«

»Hat Marianne Scholten von dieser Situation gewusst?«

»Wie bitte?« Böhle rappelte sich auf seinem Stuhl wieder auf. Sein Mund war geöffnet, die Unterlippe hing schlaff herunter. Auf seinem Gesicht lag ein ungläubiger Ausdruck.

»Ich meine, ob Frau Scholten von all dem gewusst hat. Und ob sie möglicherweise aus diesem Grund versucht hat, Sie ins Bett zu kriegen. Um Sie danach mit ihrem Wissen und vielleicht dem einen oder anderen pikanten Detail erpressen zu können. Vielleicht existieren von Ihrem kleinen Techtelmechtel ja sogar Tonaufnahmen, Fotos oder Handyvideos.«

»Was … was wollen Sie denn damit sagen?«, presste Böhle hervor. »Wollen Sie damit vielleicht andeuten, ich hätte … ich hätte die Frau umgebracht, weil … weil ich plötzlich Angst bekommen hätte?«

»Ich sprach von möglichen Erpressungsversuchen«, stellte die Kommissarin richtig. »Aber wenn Sie schon das Wort Angst in den Mund nehmen … Sie wirken im Augenblick auch nicht wirklich wie ein Held auf mich.«

Böhle sprang von seinem Stuhl auf. Unvermittelt, agil.

»Wozu mich diese Frau verleitet hat, ist eine Sache. Aber sie dafür umzubringen eine ganz andere. Ich habe mit ihrem Tod nichts zu tun!«

»Setzen Sie sich bitte wieder hin, Herr Böhle.«

»Nein! Ich … ich weigere mich, mir das alles noch länger anzuhören.«

»Bitte. Wie Sie wollen. Vielleicht verraten Sie mir noch, wo Sie heute in der Zeit zwischen vierzehn und fünfzehn Uhr gewesen sind.«

»Ich war auf der Insel spazieren. Bis ans verdammte Ostende raus. Ich … ich brauchte einen klaren Kopf.«

»Und Ihre Frau?«

Böhle blickte mit aufgerissenen Augen zur geschlossenen Tür, dann wieder zurück zur Kommissarin. »Meine Frau. Was soll mit ihr sein?«

»Wird sie Ihre Aussagen bestätigen können?«

»Nein. Das wird nicht möglich sein.«

»Warum nicht?«

Böhle senkte den Kopf. »Weil sie heute Vormittag zu einem Termin aufs Festland gefahren ist. Sie ist erst am späten Nachmittag wieder zurück gewesen.«

»Nicht sehr vorteilhaft für Sie«, bemerkte Rieke Voss.

Böhle war zu kraftlos, um darauf noch etwas zu erwidern.

»Kann ich jetzt gehen, bitte?«

Kapitel 25

Rieke Voss blickte von ihrem Platz auf. Die Tür zum Lesezimmer stand offen. Soeben hatte Klaus Böhle den Raum verlassen. Die Kommissarin registrierte, wie die Böhles auf dem Korridor zusammentrafen.

Nicole Böhle erschrak sichtlich, als sie ihren Mann erblickte. Offenbar war er nicht sonderlich gut darin gewesen, seinen an totaler Erschöpfung grenzenden Zustand vor ihr zu verbergen. Die beiden wechselten ein paar Worte miteinander. Hastig und im Flüsterton.

Nicole Böhle strich ihrem Mann mit der flachen Hand über die Wange. Dann wandte sie sich von ihm ab und kam näher.

Rieke sah an ihr vorbei, sah den flehenden Ausdruck in Böhles Augen, bevor er sich umdrehte und sich auf einen der bereitgestellten Stühle im Korridor sinken ließ. Eine schlaffe Hülle seiner selbst.

Seine Frau hingegen wirkte frisch, wie aufgeblüht, als sie das Lesezimmer betrat und die Tür hinter sich schloss.

Rieke Voss fasste sich kurz, was die Personalien anging. Sie stellte die Fragen, die an diesem Abend schon so etwas wie standardisierte Redewendungen geworden waren.

»Wenn Sie mich fragen, wusste ich ziemlich schnell, dass mit der Frau etwas nicht stimmte«, begann Nicole Böhle. Ihr Blick war wach, ihre Körperhaltung verriet Interesse und Aufmerksamkeit. »Schon als wir uns vor ein paar Tagen am Strand kennengelernt haben, hatte ich so ein komisches Gefühl.«

»Können Sie es näher beschreiben?«, hakte Rieke Voss nach.

»Ich weiß nicht, es war, als würde sie in einer vollkommen anderen Welt leben. Sie war zwar Mutter und Ehefrau, aber irgendwie hatte ich das Gefühl, als würde sie darauf nicht allzu viel Wert legen.«

»Sie meinen, ihr Sohn und ihr Mann waren ihr egal?«, fragte Rieke, wobei sie sich bemühen musste, den ungläubigen Ton aus ihrer Stimme zu entfernen.

»Vielleicht nicht vollkommen egal, aber die Tendenz stimmt schon«, sagte Nicole Böhle.

»Nachdem Sie sich ja nun schon einige Tage kannten«, fuhr die Kommissarin vorsichtig fort, »können Sie sich einen Grund vorstellen, warum man Frau Scholten getötet hat?«

Nicole Böhle blickte kurz in Richtung des Fensters, hinter dem der unruhige Schein der Gartenfackeln zu sehen war.

»Einen Grund zu töten«, sagte sie leise und blickte die Polizistin dabei ernst an. »Kann man sich überhaupt so etwas vorstellen? Ich meine, in vollem Bewusstsein einem anderen das Leben zu nehmen?« Sie schüttelte nachdenklich den Kopf. »Tut mir leid, aber wenn Sie mich so fragen, kann ich mir überhaupt keinen Grund vorstellen.«

»Dann frage ich einmal anders: Wissen Sie, womit Frau Scholten hin und wieder ihr Geld verdiente?«

»Nein.« Sie hob die Augenbrauen. »Haben Sie das Gefühl, ich sollte es wissen?«

Rieke schüttelte sanft den Kopf. »Es steht mir nicht zu, das zu beurteilen.«

»Vielleicht sagen Sie mir dann, was sie gemacht hat. Ich habe nämlich gerade das Gefühl, etwas Wichtiges verpasst zu haben.«

Dumm ist sie nicht, dachte Rieke Voss. Vielleicht war es tatsächlich so, wie Nicole Böhle eben gesagt hatte. Vielleicht hatte Sartorius, ihr Mann, vielleicht hatten alle anderen gewisse Informationen von dieser Frau ferngehalten. Es war immerhin denkbar und somit auch möglich.

»Frau Scholten hat sich, wie es aussieht, auf privater Basis als Prostituierte verdingt.«

»Wooh«, machte Nicole Böhle. »Damit hätte ich jetzt nicht unbedingt gerechnet. Aber, wo Sie es sagen … irgendwie passte es zu ihr.«

»Auch auf den Partys von Doktor Sartorius«, fügte Rieke hinzu.

»Noch eine ziemlich heftige Überraschung«, erwiderte Nicole Böhle mit einem ironischen Lächeln. »Haben Sie zufällig noch mehr davon auf Lager?«

»Wir glauben, dass darin das Mordmotiv verborgen liegt«, erklärte die Kommissarin. »Eifersucht, Hass, Gier. Vielleicht spielt auch Erpressung eine Rolle dabei.«

Nicole Böhle lächelte still in sich hinein. Es war kein amüsiertes Lächeln, sondern eher ein um Freundlichkeit bemühter Gesichtsausdruck zur Überbrückung, während sie die soeben erhaltenen Informationen verarbeitete.

»Das ist wirklich krass«, sagte sie nach einer Weile. »Aber klar, dieser Haffner hing ihr gestern fast den ganzen Abend am Rockzipfel. Und irgendwann zwischendurch waren beide verschwunden. Wo ich noch dachte ...« Plötzlich stockte sie. Was sie noch hatte sagen wollen, erfuhr Rieke Voss nicht mehr. Daher ging sie zur nächsten Frage über.

»Ihr Mann hat ausgesagt, dass Sie beide das Haus um kurz nach Mitternacht verlassen haben. Ist das richtig?«

Nicole Böhle erwachte wie aus einer Trance. »Ja. Ja, das ist richtig. Ich habe mich draußen lange mit Doktor Sartorius unterhalten, während die beiden Kellner ... Cordes und Kapp ... sich um das Feuerwerk gekümmert haben. Klaus kam dazu, und wir haben es uns zusammen angesehen. Höchstens eine halbe Stunde später sind wir dann mit unseren Rädern nach Hause.«

»Ist Ihnen da vielleicht etwas an Frau Scholten aufgefallen? Gab es irgendwelche Anzeichen dafür, dass sie vielleicht ... naja, Sie wissen schon ... Stress gehabt haben könnte?«

»Nein. Das heißt ... dazu habe ich sie einfach zu wenig beachtet. Und wie gesagt war sie ja auch zwischendurch verschwunden und kam erst ...« Wieder stockte Nicole Böhle in ihren Ausführungen. Dieses Mal jedoch ging eine Veränderung in ihr vor. Das Lächeln verschwand aus ihrem Gesicht, das sich jetzt nach und nach in eine steinerne Maske verwandelte. Für ein paar Sekunden saß sie nahezu teilnahmslos da und starrte zu Boden.

»Oh, mein Gott«, flüsterte sie nach einer Weile. »Oh, mein Gott, ich bin ja so dumm!« Ihr Kopf ruckte hoch. »Es haben hier alle gewusst, oder? Ich bin die Einzige, der man nichts davon gesagt hat.«

»Ganz so ist es sicher nicht«, antwortete Rieke ausweichend.
Der Ausdruck in Nicole Böhles Augen wurde energischer.
»Ich frage mich wirklich, wie ich all das übersehen konnte. Vielleicht wollte ich es auch einfach nicht wahrhaben.«
Rieke spürte, dass hier etwas aus dem Ruder zu laufen begann. »Frau Böhle, Sie sollten jetzt …«
Ihr Gegenüber schüttelte energisch den Kopf. Die kleinen Locken führten dabei einen wilden Tanz auf.
»Es passt alles zusammen. Sartorius' endloser Monolog über seine dämliche Wanderung durch Oberbayern. Klaus, der die ganze Zeit sonst wo gesteckt hat … inzwischen weiß ich ja, wo …« Sie lachte kurz hysterisch auf. »Klaus' Bemerkung zu Marianne, dass sie das Beste verpasst hat, und ihre merkwürdige Antwort darauf. Und wollen Sie noch eben das i-Tüpfelchen hören, ja? Heute Morgen, als Klaus noch geschlafen hat und ich rüber zum Festland musste, war ich an seinem Portemonnaie, weil ich Kleingeld für einen Kaffee am Bahnhof brauchte. Die fünfhundert Euro, die ich ihm am Morgen gegeben hatte, waren weg!«
»Fünfhundert Euro?!«, platzte es aus Rieke heraus.
Die Böhle lachte. »Ein gepfefferter Preis für fünfzehn Minuten Hechelei, was?« Ein weiterer, halb hysterischer Lachanfall folgte.
»Frau Böhle, auch wenn es schwerfällt, aber ich muss Sie trotzdem fragen, wo Sie heute zwischen vierzehn und fünfzehn Uhr gewesen sind.«
Die Frau auf dem Besucherstuhl fächerte sich mit den Händen Luft zu. Sie atmete bewusst ein und aus und lächelte entschuldigend dabei. »Ganz schön brütend noch, oder? Ist Ihnen auch so heiß?«
Rieke wiegte den Kopf hin und her. »Es geht. Um auf meine Frage zurückzukommen …«
»Klar«, unterbrach die Böhle. »Ich bin heute Morgen mit der ersten oder zweiten Fähre … genau weiß ich es wirklich nicht mehr …«
»Geschenkt.«

»Da bin ich nach Bensersiel gefahren, wo ich mich mit meiner Schwester Jenny … Jennifer … getroffen habe. Sie hat mich mit ihrem Wagen abgeholt. Zusammen sind wir dann nach Wilhelmshaven gefahren, um uns mit einem Konsortium hinsichtlich des Verkaufs unserer Werftanteile zu treffen. Da waren mindestens zehn Herren anwesend, die Ihnen sicher alle gern bestätigen werden, dass wir bis etwa vierzehn Uhr dreißig dort gewesen sind. Danach hat mich meine Schwester zurückgefahren. Ich habe die nächste Fähre genommen und war schließlich wieder auf Langeoog. Das war, kurz bevor Sie und Ihr Kollege bei uns aufgetaucht sind.« Sie lachte kurz humorlos auf und fügte leise hinzu: »Wo meine Welt noch in Ordnung war.« Sie blickte zu der Polizistin hinüber. »Ist das so in Ordnung für Sie?«

»Wenn Sie so nett wären, mir die Anschrift Ihres heutigen Termins und vielleicht die Namen einiger Herren aufzuschreiben?«

Nicole Böhle klappte ihre kleine schwarze Handtasche auf und zog eine Visitenkarte heraus, die sie der Kommissarin über den Tisch reichte. »Hier. Die können Sie behalten. Dort wird man Ihnen alles, was Sie wollen, bestätigen.«

Die Kommissarin warf einen flüchtigen Blick auf die Karte und nahm sie zu ihren Unterlagen.

»War das dann alles?«, fragte die Böhle. Ihre Stimme bebte leicht. Es war deutlich, dass die Frau versuchte, darum rang, ihre Fassung zu bewahren.

Rieke nickte, brachte für den Moment keinen Ton heraus.

Die andere erhob sich, atmete tief durch. Bevor sie sich zum Gehen wandte, sagte sie leise: »Danke fürs Augenöffnen.«

Damit begab sich Nicole Böhle zur Tür und öffnete sie.

»Frau Böhle?«, rief Rieke Voss hinterher. Die andere drehte sich um.

»Es tut mir leid«, ergänzte die Polizistin leise.

Ein Lächeln huschte über das Gesicht der betrogenen Ehefrau. Dann schüttelte sie langsam den Kopf und ging. Leise schloss sie die Tür hinter sich.

»Shit«, flüsterte die Kommissarin in die Stille des Zimmers.

Kapitel 26

Gerret Kolbe hatte die übrige Zeit damit verbracht, die Personalien der übrigen neun Gäste aufzunehmen, die er zusammen mit Rieke Voss im Vorfeld bereits für Anhörungen in der Dienststelle vorgemerkt hatte. Es handelte sich zumeist um ehemalige oder noch aktive Geschäftspartner von Doktor Sartorius, die alteingesessen waren und bei denen nicht unbedingt eine Fluchtgefahr gegeben war.

Während Rieke Voss noch damit beschäftigt war, Nicole Böhle im Lesezimmer zu vernehmen, hatte Kolbe seine Zelte in der Küche abgebrochen und die Zeit genutzt, ein paar Worte mit den Kollegen von der Spurensicherung zu wechseln.

Viel mehr als das, was seine Kollegin ihm bereits zwischen Tür und Angel mitgeteilt hatte, war allerdings nicht dabei herausgekommen. Die drei Männer und die beiden Frauen würden vermutlich noch eine Weile zu tun haben, bis alle vermeintlichen Spuren ausgeleuchtet, aufgenommen und katalogisiert waren.

Kolbe kehrte nach seinen Vernehmungen ins Wohnzimmer zurück, wo er auf das traf, was er und Rieke insgeheim als den *harten Kern* der Party bezeichneten.

Doktor Wilhelm Sartorius stand gönnerhaft in der Mitte des Raums, die rechte Hand tief in der Hosentasche vergraben, in der anderen ein Glas mit perlendem Champagner.

Neben ihm, auf dem lederbezogenen Hocker vor dem schwarz glänzenden Flügel saß Klaus Böhle. Eine gesündere Farbe war in sein Gesicht zurückgekehrt, er schien sich von dem, was in Riekes improvisiertem Vernehmungszimmer geschehen war, weitestgehend erholt zu haben. Dennoch wirkte er immer noch abwesend. Sein Blick war stur zu Boden gerichtet.

Ein ähnliches Bild ergab sich bei Frau Beyfuß, die auf dem Rand der Couch Platz genommen hatte. Sie hielt ihre Hände im Schoß gefaltet und wirkte, als würde sie warten. Warten auf etwas, das sie über sich ergehen lassen würde.

Henning Cordes hatte sich in einen Rattansessel gesetzt. Den Kopf zurückgelehnt, beobachtete er dennoch alles, was sich in dem großen Raum abspielte.

Lediglich Hinrich Kapp wuselte umher, leerte Aschenbecher aus, sammelte leere Gläser ein. Doch wirkten seine Bewegungen seltsam unkoordiniert und glichen mehr dem Verhalten eines kopflosen Huhns.

Beobachtet wurde er von Stefan Haffner, der lässig an der Stelle stand, wo vor Kurzem noch der Teppich gelegen hatte. Auch er hielt ein Glas in der Hand. Keinen Champagner, sondern Whisky mit Eis. Die Würfel klirrten leise und waren für einen Moment nahezu das einzige Geräusch im Raum.

»Nun, Kolbe?«, unterbrach Sartorius die Stille. »Sind Sie zufrieden mit dem, was Sie erreicht haben?«

Der süffisante Ton, durchsetzt von einer leicht höhnisch-aggressiven Note, war nicht zu überhören gewesen.

»Wann ich zufrieden bin, werden Sie schon noch merken«, gab Kolbe zurück.

Sartorius lächelte. Doch nur für einen kurzen Augenblick, dann wurde er wieder ernst. Er trat zwei Schritte näher, direkt auf den Kommissar zu.

»Sie haben mir meine Party zerstört! Sie und Ihre kleine Schlampe in Uniform mit Ihren peinlichen Verhören.«

Kolbe starrte den Gastgeber an. »Doktor Sartorius, Sie sollten besser aufpassen, dass …«

»Was ist, hm?«, fuhr der Angesprochene dazwischen. »Wollen Sie mir etwa drohen? SIE?« Sartorius näherte sich dem Kommissar noch weiter, sodass sich ihre Nasen beinahe berührten. »Ich werde Ihnen sagen, was ich tun werde, Sie erbärmlicher kleiner Aktenknilch: Ich werde dafür sorgen, dass Ihr erster Tag auf dieser Insel gleichzeitig auch Ihr letzter sein wird!«

Gerret Kolbe wollte noch etwas erwidern, doch er, sie alle wurden von einem Geräusch abgelenkt, das in diesem Moment zu hören war. Das leise Knarren einer Diele bei der Wohnzimmertür.

Beim Eingang stand Nicole Böhle, sah sich kurz um, suchte ihren Mann und erkannte ihn auf dem Klavierhocker sitzend.

Während sie energisch auf ihn zutrat, erhob er sich und streckte in einer hilflosen Geste die Arme nach ihr aus.

Sie entzog sich seinem Annäherungsversuch, holte mit der rechten Hand aus und versetzte ihm eine schallende Ohrfeige.

Böhle stieß einen überraschten Laut aus, blieb wie angewurzelt auf der Stelle stehen und ließ im selben Moment die Arme sinken.

»Schwein!«

Nicole Böhle hatte das eine Wort durch ihre fast geschlossenen Zähne gepresst.

Sartorius war der Erste, der sich bemüßigt fühlte, einzugreifen.

»Aber meine liebe Frau Böhle, ich glaube nicht, dass dies der richtige Weg ist, um miteinander …«

Die Angesprochene drehte sich auf der Stelle um, ging auf Sartorius zu und riss ihm das fast volle Glas Champagner aus der Hand. Beinahe in derselben Bewegung kippte sie ihm den gesamten Inhalt mitten ins Gesicht.

Sie starrte ihren Gastgeber noch für zwei Sekunden an, dann wirbelte sie herum und verließ das Zimmer mit energischen Schritten.

Kurz darauf wehte ein Schwall Zugluft durch den Raum, dann knallte die Haustür zu, und der Spuk war vorüber.

Was an Geräuschen übrig blieb, was das leise Tropfen von Champagner auf den Dielenboden.

Henning Cordes erhob sich aus dem Sessel, ging zu einem der Champagnerkühler und entfernte ein Tuch von einer der Flaschen, um es Sartorius zu reichen.

Der nahm es mit einem ärgerlichen Laut entgegen und begann sofort damit, sich sein Gesicht und seine Kleidung abzureiben.

Gerret Kolbe beobachtete diese Szene und wusste mit einem Mal, womit Marianne Scholten erschlagen worden war.

Es war so einfach, so logisch. Und doch hätten sie vermutlich noch tagelang nach der Tatwaffe suchen können.

Der Kommissar trat auf den einen der beiden mit Eiswürfeln gefüllten Champagnerkühler zu, packte eine der noch ungeöffneten Flaschen am Hals und zog sie heraus. Eis klirrte leise und rutschte am Glas herunter.
»Kolbe?«
Die Stimme ließ den Kommissar mit der Flasche in der Hand herumfahren.
Rieke Voss stand in der Tür zum Wohnzimmer und starrte ihn an. Sie verstand sofort.
»Oh, mein Gott«, flüsterte sie.
Die beiden sahen sich an, überlegten. Kolbe wandte schließlich seinen Blick zur geöffneten Terrassentür.
»Einer von uns sollte jetzt den Kollegen von der Spurensicherung Bescheid geben, dass es noch mehr Arbeit gibt.«

Kapitel 27

Die ersten fünf- oder vielleicht auch sechshundert Meter war sie einfach drauflosgelaufen, ohne zu wissen, wohin. Hauptsache, weg von diesem grässlichen Haus mit all diesen schrecklichen Menschen.

Ihre Tränen verschleierten ihr die Sicht, doch auch das war ihr egal. Irgendwo in weiter Ferne hörte sie pfeifende Geräusche. Als sie sich im Gehen umdrehte, sah sie bunte Lichter am Nachthimmel. Raketen, die in schillernden Farben explodierten.

Doktor Sartorius schien in der Tat nichts heilig zu sein. Vermutlich saß er mit seinen beiden Kellnern zusammen und jagte die Feuerwerkskörper in den Himmel. Nicole Böhle lachte bei dem Gedanken laut auf. Ein Geräusch, das auf der einsamen Straße schnell verhallte.

Sie blieb kurz stehen, um sich zu orientieren. Sie näherte sich den Lichtern, dem Ortskern und dem Strand. Es war Mitternacht. Mit ein bisschen Glück würde sie eine Bar finden, die noch geöffnet hatte. Wenn es je eine Gelegenheit für sie gegeben hatte, sich zu betrinken, dann war es diese. Wie schlimm konnte es immerhin noch kommen?

Es zeigte sich, dass ihr das Glück tatsächlich hold war. Wenn man denn überhaupt davon sprechen konnte.

In einer Strandbar setzte sie sich an den Tresen und bestellte einen Campari Soda. Der schmeckte ihr. Heute besonders gut. Daher blieb es nicht bei dem einen.

Nicole Böhle trank aus Frust, aus Ärger und aus allen anderen Gründen, die sie nicht einmal im Einzelnen benennen konnte, die sich aber irgendwie im Laufe der letzten Jahre angesammelt hatten. Dies war die Nacht, in der sich alles Bahn brach. Als drei leere Gläser vor ihr standen, verlangte sie die Rechnung, bezahlte und gab das bis dahin großzügigste Trinkgeld ihres Lebens, indem sie die Zweihundert-Euro-Note einfach auf dem Tresen liegen ließ und ging.

Einige wenige Nachtschwärmer kamen ihr entgegen. Im Vorbeigehen hörte sie, wie sich einer der jungen Kerle über ihren leicht schwankenden Gang lustig machte.

»Arschgesicht«, murmelte sie und ging weiter. Irgendwie fand sie Gefallen an diesem Wort, sodass sie es mehrfach auf ihrem Weg wiederholte. Immer wieder. Nur dass dabei die Zielperson wechselte. Längst schon hatte sie das Bild ihres Mannes vor ihrem geistigen Auge.

Was in der letzten Nacht gelaufen war, war an Dreistigkeit nicht mehr zu überbieten. Sie fühlte sich erniedrigt, schäbig, minderwertig, benutzt und weggeworfen.

Sie würde es ihm heimzahlen. Das hatte sie schon auf dem Weg zur Bar so sicher gewusst wie ... nun ja, wie nur irgendwas.

Gleich morgen konnte er seine Sachen packen. Gleich morgen sollte er ihr aus den Augen treten. Gleich morgen würde für sie ein neues Leben anfangen. Irgendwie ... ja, irgendwie hatte dieser Gedanke sogar etwas Tröstliches.

In einiger Entfernung hörte sie die Wellen an den Strand rollen. Die Luft hatte sich ein wenig abgekühlt und roch angenehm nach Salz und Meer. Sie würde hierher zurückkehren, im nächsten Jahr schon. Und dann würde sie mit einem Lächeln an die Ereignisse zurückdenken. Vielleicht.

Sie schlug den Weg zu ihrem Bungalow ein, den sie noch bis zum nächsten Wochenende gemietet hatten.

Irgendwo vor ihr raschelte es in den Hagebuttenhecken. Da waren Schritte gewesen, dessen war sie sich ganz sicher.

Mit einem Mal tauchte aus der Dunkelheit ein Gesicht vor ihr auf. Weit aufgerissene Augen, ein leerer Blick wie der eines Zombies. Nicole erschrak.

Der Mann taumelte fast über den Weg und war im nächsten Augenblick verschwunden.

Nicole Böhle war stehen geblieben. Ihr Herzschlag raste. Dennoch wagte sie sich mutig zu der Stelle, an der der Mann weggetaucht war. Wenn man genau hinsah, erkannte man noch die Lücke in der Hecke, die sich langsam und begünstigt durch den leichten Wind wieder zu schließen begann.

Sie wagte sich noch einen Schritt weiter.

»Herr Scholten?«, rief sie. Ihre Stimme klang krächzend. Sie räusperte sich und wiederholte ihren Ruf, doch nichts rührte sich. Auch antwortete ihr niemand. Und doch war sie sich sicher, den Mann der Toten erkannt zu haben. Was um alles in der Welt hatte der Kerl um diese Zeit hier verloren?

Nicole fasste sich an die Stirn. Ein dünner Schweißfilm klebte darauf. Zudem fühlte sie sich heiß an.

Sie sollte sich beeilen, nach Hause zu kommen.

Die kleine, kaum mehr als kniehohe Pforte am Eingang zum Pfad stand offen, was sie nicht weiter verwunderte. Wahrscheinlich hatte Klaus vergessen, sie zu schließen, oder … ach, was wusste sie denn? Sie trat hindurch, versuchte das Ding zu schließen, bekam dabei Probleme und gab nach dem fünften Versuch auf.

Sie drehte sich um und setzte ihren Weg fort. Das Haus lag im Dunkel vor ihr. Ein schwarzes Viereck, das sich gegen den Nachthimmel abzeichnete. Keines der Fenster war mehr erleuchtet.

Nicole Böhle kramte den Schlüssel aus ihrer Handtasche, drehte ihn im Dunkeln richtig herum und tastete am Schlüsselloch der Eingangstür herum. Irgendwann versank der Schlüssel im Schloss und öffnete es wie durch Zauberhand.

Sie drückte die Klinke herunter und ließ die Tür nach innen aufschwingen, bis sie sachte die Wand dahinter touchierte.

Für einen Moment stand Nicole Böhle da und starrte in den dunklen Hausflur. Sollte sie da wirklich reingehen? Zu diesem Kerl? Vielleicht hätte sie sich besser ein Hotelzimmer genommen. Warum war sie nicht gleich auf diese Idee gekommen? Aber das hätte gleichzeitig bedeutet, ihrem Mann das Feld zu überlassen. Er war derjenige, der sich um etwas anderes zu bemühen hatte. Und vielleicht war er ja sogar selbst auf diese Idee gekommen, denn das Haus war so still, wie es nur sein konnte.

Von hier aus hörte sie das leise Ticken der entfernten Küchenuhr.

Nicole trat über die Schwelle, bekam die Tür zu fassen und drückte sie hinter sich zu. Sie brachte es sogar fertig, auf Anhieb mit dem Schlüssel abzuschließen.

Im Dunkeln tat sie zwei Schritte und verhedderte sich prompt mit dem rechten Schuh in einem Gewirr aus Riemen.

Sie tastete nach dem Lichtschalter, fand ihn und hämmerte mit der flachen Hand dagegen.

Mit ihrem rechten Fuß kickte sie den Wanderrucksack ihres Mannes beiseite.

»Arschgesicht«, murmelte sie erneut und musste sich beherrschen, nicht laut loszuprusten.

Sie blickte auf den Rucksack, den sie ihm im letzten Jahr geschenkt hatte. Aus der vorderen Tasche waren die Papiere ihres Mannes und sein Portemonnaie herausgerutscht.

Also musste der Kerl doch noch hier sein, denn ohne diese Sachen wäre er nie aus dem Haus gegangen. Ohne diese Sachen hätte er auch auf die Schnelle kein Hotelzimmer bekommen.

Nicole setzte sich wieder in Bewegung, durchquerte den Hausflur und machte im Wohnzimmer Licht.

Ihre Augen weiteten sich. Der Sessel war umgestürzt, genau wie die Stehlampe. Am Boden lagen zersplittertes Glas und …

Sie öffnete ihren Mund zu einem heiseren Schrei, als ihr Blick auf die blutüberströmte Gestalt am Boden fiel.

Klaus Böhle lag mit dem Rücken auf dem Teppich, der unter ihm bereits einen dunklen Fleck aufwies. Aus Böhles Brust ragte eines der langen Küchenmesser, mit denen sie am Morgen noch Gemüse geschnitten hatte.

Vorsichtig trat sie einen Schritt näher, beugte sich halb über ihren Mann. Aber es gab nicht den geringsten Zweifel: Das Arschgesicht war tot.

Kapitel 28

Kommissar Kolbe war gerade erst am Haus von Bente Franzen angekommen – er war noch nicht ganz so weit, es als sein neues Zuhause zu bezeichnen –, als er die Nachricht erhielt.

Er machte sofort auf der Auffahrt kehrt, schwang sich zurück auf sein Rad und machte sich auf den Weg zum Strandbungalow der Böhles. Als er ihn erreichte, war Rieke Voss bereits eingetroffen. Sie saß mit Nicole Böhle auf einer Holzbank neben der Eingangstür und hatte den Arm um die Frau gelegt.

Als Kolbe sein Rad abgestellt hatte und sich die letzten Meter zu Fuß näherte, blickte die Kommissarin auf, erhob sich und kam ihm entgegen.

»Was, um alles in der Welt, ist denn hier los gewesen?«, platzte Kolbe, noch leicht außer Atem, heraus.

Rieke zog ihn beiseite, deutete dabei auf die Haustür. »Böhle liegt da drin in seinem eigenen Blut. Erstochen. Mit einem der Küchenmesser.«

Kolbe deutete auf die zusammengesunkene Gestalt auf der Bank. »Beziehungsdrama?«

Rieke schüttelte energisch den Kopf. »Glaube ich nicht. Zumal sie es war, die uns verständigt hat. Außerdem ist sie schwer angetrunken. In dem Zustand hätte sie nicht mal 'ne Katze erwürgen können, geschweige denn ihren Mann ermorden. Außerdem hat sie ein Alibi. Sie war in der Strandbar. Der Wirt hat es mir soeben bestätigt.«

»Okay«, antwortete Kolbe. »Was ist dann passiert?«

»Böhle ist von Sartorius' netter Party gleich nach Hause gefahren. Der Mörder muss ihm hierher gefolgt sein.«

»Sehr leichtsinnig, oder?«

»Nicht unbedingt«, gab Rieke zurück. »Nicht, wenn der Täter sicher sein konnte, Böhle in dem Haus allein anzutreffen.«

Kolbe schnippte mit den Fingern. »Verdammt guter Punkt. Mit anderen Worten: Der Täter hat heute Abend mitbekommen, wie Nicole Böhle wutentbrannt Sartorius'

Haus verlassen hat und Richtung Ortskern abgestiefelt ist, also in die genau entgegengesetzte Richtung.«

»Es war jemand, der zu dem Zeitpunkt noch auf der Party gewesen ist.«

Kolbe hob seine linke Hand und streckte einen Finger nach dem anderen aus. »Sartorius, Haffner, Cordes und Kapp. Immer noch zu viele.«

»Außerdem haben Sie Frau Beyfuß vergessen.«

Kolbe lächelte milde. »Ja, sicher.«

Rieke wurde sofort wieder ernst. »Es gibt da allerdings noch etwas, das die Sache verkompliziert. Frau Böhle ist sich sicher, auf dem Pfad hierher zum Haus Hajo Scholten gesehen zu haben.«

»Was?« Kolbe riss die Augen auf und starrte seine Kollegin ungläubig an. Sofort blickte er zu Nicole Böhle hinüber, die ihren Kopf gesenkt und in ihren Händen vergraben hatte und hin und wieder schniefende Laute von sich gab. »Ist sie sich da auch wirklich sicher, oder …« Er ließ den Satz unvollendet.

»Ich habe sie dazu befragt. Sie konnte ihn mir genau beschreiben. Ich denke, dass sie die Wahrheit sagt.«

»Scheiße«, flüsterte Kolbe. »Gibt es Hinweise darauf, dass Scholten im Haus gewesen ist?«

Rieke schüttelte nachdenklich den Kopf. »Es gibt blutige Fußspuren im Wohnzimmer und im Flur. Zu wem die gehören, muss die Spurensicherung feststellen. Ich habe allerdings noch etwas für Sie. Dürfte Sie interessieren.«

Kolbe blickte irritiert drein. »Wie lange sind Sie denn schon hier? Ich dachte, ich wäre nur wenige Minuten nach Ihnen hier angekommen.«

Sie zuckte mit den Schultern. »Ich verstehe Ihre Aufregung nicht. Ihr Kerle denkt doch sonst auch immer, dass uns Frauen ein paar Minuten reichen müssen.«

Kolbes Augen weiteten sich noch mehr. »Was …?«

Mit einem Mal baumelte ein Plastikbeutel vor seiner Nase.

»Das ist Böhles Handy«, erklärte Rieke. »War nicht sonderlich schwer, es zu entsperren. Interessant sind die letzten

Eingänge in seinem Fotoordner.« Rieke entsperrte das Handy erneut und reichte ihrem Kollegen den Beutel.

Kolbe starrte auf ein Foto, das einen Raum zeigte, den er inzwischen nur allzu gut kannte. Es war Sartorius' sogenanntes Hinterzimmer. Das Foto war von der Tür her aufgenommen worden, die zu dem Zeitpunkt nur einen winzigen Spalt offen gestanden haben konnte. Zu sehen war das Bett. Hauptsächlich das Bett. Darin wälzte sich unverkennbar Klaus Böhle mit einer noch sehr lebendigen Marianne Scholten. Es wirkte sogar so, als ob die Frau in dem Moment, in dem der Auslöser betätigt worden war, in die Richtung des Fotografen geblickt hatte.

»Mein Gott«, flüsterte Kolbe. »Sie hat ihn gesehen.«

»Wen?«

»Na, den Typen, der sie fotografiert hat. Hier. Sehen Sie genau hin. Sie hat ihn gesehen, und sie hat ihn erkannt. Und deswegen ist sie vermutlich jetzt tot.«

Rieke Voss riss ihrem Kollegen den Beutel mit dem Handy aus der Hand und starrte erneut auf das Display.

»Verdammt, Sie könnten recht haben. Das ist mir vorhin gar nicht aufgefallen.«

»Der Kerl hat versucht, sie zu erpressen. Ja. Erst Marianne Scholten. Und nachdem die Sache eskaliert ist, hat er es bei Böhle versucht.«

»Mit keinem besseren Ergebnis«, bemerkte Rieke.

»Von welcher Handynummer stammt das Foto? Wer hat Böhle das geschickt?«

»Eine unbekannte Nummer«, antwortete Rieke. »Sie befand sich nicht unter Böhles Kontakten. Ich habe sie schon an die Chefin durchgegeben. Sie stellt eine Anfrage beim Betreiber und lässt das andere Handy orten.«

»Könnte sein, dass das alles viel zu lange dauert«, überlegte Kolbe.

»Ja. Das ist leider wahrscheinlich.«

»In jedem Fall war es dumm und leichtsinnig von dem Täter«, fuhr Kolbe fort. »Wenn er heute auf der Party war, dann musste er doch wissen, dass die Wahrheit über Böhle und Marianne

Scholten ohnehin ans Licht gekommen ist. Es gab also kaum noch einen Grund für Böhle, sich erpressen zu lassen.«

»Es sei denn ...«, überlegte Rieke.

»Es sei denn, der Mörder ist so verzweifelt in Geldnöten, dass er einfach alles versucht hat.«

Die beiden Kommissare sahen sich an.

»Wenn das tatsächlich stimmt, wäre Sartorius aus der Nummer raus«, sagte Rieke.

Kolbe wiegte den Kopf. »Den hatte ich sowieso noch nie so recht auf dem Schirm. Das ist kaum seine Art.«

»Bleiben noch die beiden Kellner. Und Haffner. Rein äußerlich betrachtet, scheint es ihm finanziell gut zu gehen. Immerhin konnte er auch die Scholten bezahlen. Aber wer weiß, ob das alles so stimmt?«

Durch die Dunkelheit näherte sich ein Fahrrad mit quietschendem Sattel. Es wurde vorn am Zaun abgestellt. Die kleine Pforte quietschte. Dann näherten sich Schritte.

Das Licht einer Taschenlampe geisterte zu dem kleinen Pfad, der zum Haus führte.

Das Gesicht von Enno Dietz wirkte zerknittert, bleich und übermüdet.

»Frau Brockmann schickt mich«, sagte er atemlos, nachdem er seine beiden neuen Vorgesetzten begrüßt hatte. »Ich soll hier ...«, er schnaufte, »auf das Eintreffen der Spusi warten.«

»In Ordnung«, gab Kolbe zurück. »Hat sie Ihnen auch noch ein paar Instruktionen für uns dagelassen?«

Der junge Polizeimeister schüttelte den Kopf. Dann schien ihm doch noch etwas einzufallen. »Ja, doch. Sie sollen ... Sie sollen die Sache mit Scholten klären. Herausfinden, wo er ist. Weil er möglicherweise ...«

»Ein Zeuge des Mordes an Böhle ist«, folgerte Rieke.

Enno nickte und sah immer wieder zu der Frau auf der Bank hinüber. »Ist mit ihr alles in Ordnung?«

Rieke zuckte mit den Schultern. »Abgesehen davon, dass ihr Mann sie betrogen, sie ihn dann ermordet aufgefunden hat und dass ihr vermutlich vom Alkohol schlecht ist, dürfte es ihr blendend gehen.«

»Oh.«

»Mit anderen Worten«, ergänzte Rieke, »versuchen Sie, ein bisschen nett zu ihr zu sein. Sie kann es sicher brauchen.«

Enno Dietz lief rot an.

Kolbe und Voss wandten sich ab, gingen den Pfad zwischen den Hagebuttensträuchern entlang, auf dem Weg zu ihren Rädern.

An der Pforte drehte sich Kolbe zu seiner Kollegin um. »Was, wenn die Chefin recht hat, und Scholten hat tatsächlich etwas gesehen?«

Rieke blickte in die Nacht hinaus. »Wenn das so ist, schwebt der Mann gerade in höchster Lebensgefahr.«

Kapitel 29

Die Kräfte hatten ihn verlassen. Er stand mitten auf der nächtlichen Straße. Das ehemals weiße Hemd wies zahlreiche Flecken auf und war ihm aus der Hose gerutscht. Irgendwo, er hatte es nicht einmal bemerkt, hatte er seinen rechten Schuh eingebüßt. Als Hajo Scholten sich wieder in Bewegung setzte, streifte er beiläufig auch noch den linken ab und ließ ihn achtlos am Straßenrand liegen.

Der Asphalt fühlte sich unter seinen Füßen noch warm von der Hitze des Tages an. Scholten fühlte sich an seine Kindheit erinnert, in der er immer barfuß gelaufen war und in der Straßen noch mit Teer gebaut worden waren.

Er lächelte leicht, als er daran dachte. Ein verträumtes Lächeln. Er dachte daran, dass Erinnerungen vermutlich wirklich das Einzige waren, was einem niemals genommen werden konnte. Sofern man denn noch in der Lage war, zu denken. Er war es im Augenblick nicht. Dazu war viel zu viel geschehen. Er hatte sich in den Kopf gesetzt, den Mörder seiner Frau zu finden. Dabei waren ihm die Böhles wieder in den Sinn gekommen, das Ehepaar vom Strand. Marianne und die ... wie hieß sie noch gleich ... die Böhle eben, die hatten sich auf Anhieb ausnehmend gut verstanden. Zudem waren sie zusammen aus gewesen, mehrfach. Auch wenn Scholten inzwischen so seine Zweifel hatte, ob da alles mit rechten Dingen zugegangen war. Jedenfalls hatte er die Idee gehabt, dort mit seinen eigenen Recherchen zu beginnen.

Er wusste nicht, was er beim Haus der Böhles wirklich gesucht hatte. Informationen. Vielleicht auch ein paar Antworten. Was er allerdings gefunden hatte, war entsetzlich gewesen. Wenn er die Augen schloss, sah er Böhle mit dem Messer in der Brust auf dem Boden des Wohnzimmers liegen. Die Augen weit aufgerissen, seine Arme und Hände schlaff. Und dann das viele Blut, das in sein Hemd gesickert war. In sein Hemd und auf den Boden, auf den Teppich.

Scholten dachte mit Grausen an das entsetzliche, schmatzende Geräusch, als er zu nahe an die Leiche herangetreten war.

An seinem rechten Schuh hatte das Blut des Mannes geklebt. Vermutlich war das der Grund gewesen, warum Scholten das Ding entsorgt hatte. Er konnte sich schon nicht mehr daran erinnern. Zu groß waren der Schock und die daraus resultierende Panik gewesen.

Erst recht, wenn er an das Gesicht dachte, das ihn von außen durch die Fensterscheibe angestarrt hatte. Ein ganz kurzer Augenblick nur, doch Scholten hatte die Boshaftigkeit in diesen Augen gesehen. Kurz darauf waren von außen Schritte zu hören gewesen, die sich dem Hintereingang näherten.

Hajo Scholten hatte auf dem Absatz kehrtgemacht und das Haus fluchtartig verlassen. Er erinnerte sich dunkel daran, unterwegs noch jemandem begegnet zu sein. Er hatte die Gestalt nicht einmal richtig wahrgenommen. In blinder Angst war er weitergestolpert, durch die Hecken hindurch. Danach war er gerannt. Weiter, immer weiter, bis er sicher genug gewesen war, sein Tempo zu verlangsamen. Immer, wenn ihm ein Radfahrer oder Fußgänger entgegenkam, hatte er sich in die Böschung verdrückt oder an anderen Stellen Deckung gesucht.

Irgendwann war ihm Marten wieder in den Sinn gekommen. Es war nicht richtig, den Jungen so lange allein zu lassen. Die letzten Jahre hatte Scholten kaum ein Verantwortungsgefühl gegenüber seinem Sohn verspürt. Aber möglicherweise würde das alles ja jetzt anders werden. Jetzt, wo …

Marianne war tot.

Immer, wenn sich dieser Gedanke in seinem Innern an die Oberfläche spülte, durchzuckte es ihn wie ein Blitz. Jedes Mal verzog er sein Gesicht dabei zu einer schmerzlichen Grimasse.

Vielleicht hatte sie als Ehefrau nicht viel getaugt. Vielleicht hatte sie auch einfach nicht anders gekonnt, weil er ihr die Luft zum Atmen genommen hatte. Vielleicht, vielleicht … Es war müßig, sich jetzt noch Gedanken darüber zu machen. Weil es zu spät war.

Was zählte, war der Junge und die mögliche Aussicht darauf, dass vielleicht doch noch alles gut werden konnte. Nun, alles vermutlich nicht, aber immerhin doch einiges.

Er wollte nur noch zurück. Plötzlich fühlte er sich hundeelend und müde wie schon lange nicht mehr.

Er würde nur noch kurz nach Marten sehen. Falls der Junge schon schlief, würde er ihm mit der Hand über den Kopf streichen.

Morgen würde er ihm dann sagen müssen, was mit seiner Mutter geschehen war. Morgen.

Scholten bog in die Straße ein, die fast ausschließlich aus Ferienhäusern bestand. Keines mehr darunter, in dem noch Licht brannte.

Nur wenige Sekunden später stellte er fest, dass er diesen Eindruck korrigieren musste. Aus seinem gemieteten Haus drang noch ein schwacher Schimmer durch die vorgezogenen Gardinen. Dazu helles, blauweißes Licht, das alle paar Sekunden schlagartig wechselte.

Marten war vermutlich vor dem Fernseher eingeschlafen.

Scholten lächelte matt. Er würde das Gerät ausschalten und seinen Jungen mit einer Decke zudecken.

Noch im Gehen nestelte er den Hausschlüssel aus seiner Hosentasche. Er schob ihn ins Schloss und öffnete leise die Tür, die er kurz darauf sachte hinter sich ins Schloss drückte.

Tatsächlich waren dünne, blecherne Stimmen aus dem Fernsehgerät zu hören. Mehrere Männer redeten hektisch miteinander. Dazu die Stimme einer Frau.

Scholten wankte näher, durch den Flur hindurch und blieb an der offenen Wohnzimmertür stehen. Er lehnte sich gegen den Rahmen und blickte zum Sofa hinüber.

Im Fernseher an der Wand stritten sich Humphrey Bogart, Sydney Greenstreet, Peter Lorre und Mary Astor darum, wer denn nun das größte Anrecht auf die Skulptur des Malteser Falken hatte.

Wenn die wüssten, dachte Scholten.

Sein Blick fiel auf Marten, der auf der Couch saß, die Hände in den Schoß gelegt. Seine Augen waren geöffnet. Sie blickten nicht auf den Bildschirm, sondern auf ihn, Scholten. Seinen Vater.

»Marten?«

Scholten erschrak beinahe vor seiner eigenen Stimme. Sie hörte sich ausgetrocknet, matt und einfach nur alt an.

Aber das nahm er letztlich nur am Rande wahr. Es gab etwas anderes, das ihn beunruhigte. Der Ausdruck in den Augen seines Jungen. Etwas war darin zu lesen, das Hajo Scholten nicht gefiel. Angst. Möglicherweise noch mehr.

Scholten löste sich langsam vom Türrahmen, trat ins Wohnzimmer und näherte sich der Couch.

»Marten? Ist alles in Ordnung mit dir?«

Für einen Moment befürchtete er, irgendwer könnte es dem Jungen bereits erzählt haben, die Sache mit seiner Mutter.

Die Polizisten vielleicht. Oder …

Scholten stockte in der Bewegung, als er das kaum wahrnehmbare Kopfschütteln seines Sohnes bemerkte.

Was ist los?, hatte er fragen wollen, aber möglicherweise ahnte er das bereits, weswegen sich die Frage erübrigte.

Marten war nicht alleine hier!

Die Erkenntnis traf ihn mit der Wucht einer Ohrfeige.

Scholten wollte einen Satz auf den Jungen zu machen, als hinter der Couch ein Schatten in die Höhe sprang und seinem entsetzten Jungen ein Messer gegen den hervortretenden Kehlkopf setzte.

»Neeeeeiiiiin!«, schrie Scholten, als er einen Schritt vorwärtsstolperte und die Hand in Richtung der Couch ausstreckte.

Dahinter stand ein Mann in der weißen Livree eines Kellners.

Es war das Gesicht, das ihn durch die Scheiben des Strandbungalows angestarrt hatte.

Das Gesicht des Mörders.

»Keinen Schritt weiter, Scholten«, sagte der Weiße. »Sie wissen, was sonst passiert.«

Der Angesprochene blieb stehen, hob abwehrend die Hände. Schweiß rann ihm die Schläfen herab und sickerte in seinen Hemdkragen.

»Lassen Sie Marten aus dieser Sache raus. Er hat Ihnen nichts getan.«

Der Kellner schüttelte langsam den Kopf. »Sie wissen genau, dass ich das jetzt nicht mehr kann. Sie haben mich gesucht, Scholten. Jetzt müssen Sie damit klarkommen, dass Sie mich gefunden haben.«

»Hören Sie«, krächzte der Familienvater, »ich will nichts von Ihnen. Ich ... ich lasse Sie gehen, wenn Sie mir meinen Jungen lassen.«

Der Mann mit der weißen Weste stieß ein kurzes Lachen aus. »*Sie* lassen *mich* gehen? Ich denke doch, dass der Fall genau andersherum liegt. Wenn ich denn die Absicht hätte, Sie gehen zu lassen. Aber das habe ich nicht.«

»Dann ... können wir es genauso gut gleich hier beenden. Sie und ich. Aber ohne meinen Jungen.«

Wieder schüttelte der andere den Kopf.

Die Klinge des Messers hatte Martens Haut angeritzt.

Scholten erkannte mit Entsetzen, wie sich ein großer Blutstropfen bildete und langsam am Hals seines Jungen herunterrann.

Er musste etwas tun, um diese Situation zu beenden. Der Blick des Kellners verriet, dass er zu allem entschlossen war. Er würde handeln, würde Marten töten. Er musste es tun, wenn er weiter unerkannt bleiben wollte.

»Sagen Sie auf Wiedersehen zu dem kleinen Scheißer hier«, presste der Mann durch seine geschlossenen Zähne hindurch.

Hajo Scholten sah es in den Augen des Kerls aufblitzen. Wieder streckte er die Arme aus, um das Unvermeidbare vielleicht doch noch aufzuhalten.

Von draußen peitschte ein Schuss auf. Nahezu gleichzeitig wurde die Fensterscheibe von einem Geschoss durchschlagen, dass sich in die linke Schulter des Mörders bohrte.

Scholten schrie auf. Er sah, wie der Mann die Augen aufriss und aus einem Reflex heraus einen Schritt nach vorne taumelte.

Gleichzeitig rannte jemand hinter Scholten vorbei und sprang auf den Kerl zu, der noch immer das Messer in der Hand hielt.

Was unmittelbar darauf folgte, war ein Kampf auf Leben und Tod.

Kapitel 30

Gerret Kolbe war in dem Augenblick gestartet, als Riekes Schuss gefallen war.

Er preschte an Scholten vorbei und stieß sich in vollem Lauf ab. Er flog auf den Angreifer zu und riss ihn mit sich. Der Aufprall raubte ihm selbst für einen Augenblick die Luft.

Hart kam Kolbe auf dem Boden auf.

Doch damit war es noch nicht zu Ende.

Der Kellner versuchte, sofort wieder auf die Beine zu kommen. Das Messer blitzte auf.

Kolbe zog seinen Kopf zur Seite und spürte dennoch einen brennend heißen Schmerz an seinem linken Ohr.

Er schrie auf und rammte seinem Gegner gleichzeitig den Ellenbogen in die Rippen. Er kam auf die Knie, stieß seine Hände nach vorn und bekam den anderen an seiner Weste zu fassen. Mit aller Kraft riss der Kommissar den Kellner herum und zog ihn auf die Seite.

Der andere ächzte, strampelte, versuchte nach Kräften, sich zu wehren.

Kolbe packte den rechten Arm seines Gegners und schlug ihn hart auf den Boden. Die Hand des Mannes öffnete sich und gab das Messer frei, das in einer schnurgeraden Bahn über den Boden schlidderte und schließlich klappernd gegen die Wand schlug.

Erneut packte Kolbe den Mann am Arm und riss ihn daran in die Höhe. Gleichzeitig drehte er den Arm seines Gegners auf den Rücken.

»Geben Sie endlich auf, Cordes«, keuchte der Kommissar. »Sie machen es nur noch schlimmer.«

Durch den Flur näherten sich hastige Schritte. In der Tür zum Wohnzimmer tauchte Rieke Voss mit gezogener Dienstwaffe auf. Sie hielt sie mit beiden Händen umklammert.

Langsam kam sie näher, war angespannt und gleichzeitig konzentriert. Sie wechselte die Waffe in ihre rechte Hand und löste mit der linken ein Paar Handschellen von ihrem Gürtel, die sie Kolbe zuwarf.

Er fing sie geschickt mit seiner freien Linken auf. Wenig später schloss sich die stählerne Acht um Cordes' Handgelenke.

Hajo Scholten war währenddessen zur Couch gestürzt, wo er sich um Marten kümmerte. Der Junge blutete am Hals, hatte eine Schramme davongetragen, mehr jedoch nicht.

Vater und Sohn hielten sich im Arm, während sich die beiden Beamten um den Mann in ihrer Mitte kümmerten.

»Henning Cordes, Sie sind festgenommen«, sagte Rieke Voss mit fester Stimme. »Alles, was Sie von nun an sagen, kann und wird vor Gericht gegen Sie verwendet werden.«

Cordes stand atemlos da, die Weste an mehreren Knöpfen aufgerissen. Das Haar hing ihm wirr in die Stirn. Er keuchte leise.

»Warum das alles?«, fragte Kolbe.

Doch Cordes gab keine Antwort.

Erst am nächsten Tag, als der Polizeialltag begann und alle Mechanismen ineinandergriffen, die ein Mordfall wie dieser auslöste, redete Cordes erstmals.

Er saß zusammengesunken auf einem Stuhl im Vernehmungszimmer der Polizeidienststelle.

Ihm gegenüber Rieke Voss und Gerret Kolbe. Am Türrahmen lehnte Gesa Brockmann, die Hände hinter dem Rücken verschränkt und mit fest aufeinandergepressten Lippen.

»Natürlich wusste ich, dass sie es gernhatte«, murmelte Cordes. »Also hab ich auch mein Glück bei ihr versucht. Aber sie hat mich abblitzen lassen. Danach, am zweiten Abend erst, kam mir die Idee mit den Fotos. Ich wollte sie damit unter Druck setzen. Sie zwingen. Aber als ich die Bilder schließlich hatte, kam mir eine viel bessere Idee. Ich wollte an die Kohle heran. Zuerst an ihre. Deswegen habe ich sie am Tag ihrer Abreise angerufen. Sie sollte um vierzehn Uhr zu Sartorius' Haus kommen.«

»Von dem Sie wussten, dass sich zu der angegebenen Zeit niemand dort aufhielt«, ergänzte Kolbe.

Cordes nickte.

»Sie war auf die Minute pünktlich. Sie hatte mir am Telefon versprochen, mir das Geld zu überlassen. Immerhin an die zweitausend Euro. Aber als sie schließlich vor mir stand, war plötzlich keine Rede mehr davon. Im Gegenteil, sie hat mich ausgelacht. Sie wollte zurück zu ihrer Familie. Zu ihrem Mann und ihrem Sohn. Und sie wollte ... zur Polizei.«

»Was Sie nicht zulassen konnten«, bemerkte Rieke Voss.

Cordes blickte auf. »Wie denn auch? Ich habe Spielschulden, mir steht das Wasser bis zum Hals. Ihr Geld hätte mir zumindest eine Verschnaufpause verschafft.«

»Was geschah dann weiter?«, wollte Kolbe wissen. Er tastete vorsichtig an sein linkes Ohr, an dem ein dickes Pflaster klebte.

»Eins kam zum anderen«, fuhr Cordes fort. »Wir gerieten in Streit, es kam zu Handgreiflichkeiten. Und irgendwann habe ich schließlich ... ich habe nach einer Flasche Champagner gegriffen und zugeschlagen.« Cordes unterstützte seine Worte, indem er seine rechte Hand hob und sie gleich wieder fallen ließ.

»Und danach?«, fragte Rieke.

»Ich hörte, wie sich jemand dem Haus näherte. Was eigentlich nicht sein konnte. Ich hatte es plötzlich eilig. Ich hüllte die Leiche in eine Decke und schaffte sie dann zum Gartenhaus rüber.«

»Wer ist um vierzehn Uhr ins Haus gekommen?«, wollte Kolbe wissen.

Cordes bedeckte seine Stirn mit der flachen Hand. Offenbar wurde er von starken Kopfschmerzen gepeinigt.

»Hinrich Kapp. Er hat mich zum Glück nicht gesehen. Er wusste von nichts. Und ja ... er war es, der die Flaschen aus dem Gartenhaus geholt hat, nicht ich.«

»Warum haben Sie das bei der Vernehmung anders dargestellt«, fragte Kolbe.

Cordes zuckte mit den Schultern. »Ich hatte ein Problem. Frau Beyfuß hatte mich von der Fähre kommen sehen. Möglicherweise hatte sie sogar mitbekommen, dass ich auf dem Weg zu Sartorius' Haus war. Viel zu früh, Sie verstehen? Also brauchte ich eine halbwegs glaubwürdige Geschichte, die meine Anwesenheit erklärt. Von Kapp wusste ich, dass er sich um die Flaschen im Gartenhaus gekümmert hat. Ich habe ihn überredet, mir diese Geschichte zu überlassen.«

»Sie haben Herrn Kapp gezwungen, für Sie zu lügen?«, platzte es aus Rieke heraus.

»Ich habe ihm von der Erpressung erzählt. Dass ich ihn beteiligen würde. Und dass wir zusammen von Böhle eine richtig große Summe bekommen könnten. Daraufhin hat er mir versprochen, den Mund zu halten.«

»Und Sie haben geglaubt, dass das gut gegangen wäre?«, fragte Kolbe zweifelnd.

Cordes zuckte erneut mit den Schultern. »Vielleicht ja, vielleicht auch nicht. Hinrich geht es wie mir. Er hat sein Haus nicht abbezahlt und kann immer ein paar Euro extra gebrauchen. Deswegen reißt er sich ja um jede Sonderschicht. Außerdem hat er Marianne Scholten verachtet. Sie war ihm zuwider.«

»Woraus er keinen Hehl gemacht hat«, fügte Kolbe hinzu.

»Den Rest kennen Sie«, schloss Cordes.

Er musste ihn dennoch bis ins letzte Detail zu Protokoll geben.

Noch am selben Tag wurde Cordes dem Haftrichter vorgeführt.

Gegen Hinrich Kapp wurde eine Anzeige wegen Mitwisserschaft und versuchter Erpressung verhängt.

Am Ende eines weiteren langen Tages blickten Gerret Kolbe und Rieke Voss auf ihren ersten gelösten Fall zurück.

Sie hatten die Dienststelle verlassen und befanden sich auf dem Weg zu ihren Fahrrädern.

»Das war nicht übel«, bemerkte Kolbe.

»Verraten Sie mir, was Sie damit meinen?«, hakte Rieke nach.

»Na, Ihr Schuss im Strandbungalow. Durch die Fensterscheibe. Ich weiß nicht, ob ich das so hinbekommen hätte.«

»Ganz sicher nicht. Sie haben ja noch nicht mal 'ne Dienstwaffe.«

Kolbe lächelte matt. »Stimmt. Dafür war bis jetzt einfach noch keine Zeit. Aber keine Sorge, die Chefin und ich haben das inzwischen nachgeholt.«

»Wie schön. Die gesamten Ostfriesischen Inseln werden daraufhin sicher viel besser schlafen können.«

Kolbe blinzelte. »Hat Ihnen schon mal jemand gesagt, dass Sie unglaublich nachtragend sind?«

»Vielleicht bin ich lieber nachtragend, als meinen Mitmenschen mit zu vielen Fragen auf die Nerven zu gehen. Wir sehen uns morgen, ich muss zur Fähre.«

Rieke Voss nahm ihr Fahrrad und schwang sich auf den Sattel.

»Ach ja«, rief Kolbe ihr hinterher, »dann wünsche ich viel Spaß auf der Heimfahrt. Sagen Sie Ihrem Typen, dass Sie heute ganz ungestört sind.«

Im Wegfahren hob Rieke Voss ihre rechte Hand und streckte den Mittelfinger durch.

Kolbe grinste. Unter Umständen konnte sich doch noch eine erfolgreiche Zusammenarbeit zwischen ihnen beiden entwickeln. Vielleicht brauchte es einfach nur noch ein paar Wochen. Oder Jahre? Das würde ein Stück weit von seinem Sarkasmus und ihrer Sturheit abhängen.

Kolbe schwang sich auf das alte Damenfahrrad von Bente Franzen, das immer noch verloren vor der Dienststelle gestanden hatte und irgendwie wieder zurückmusste.

Um kurz nach zwanzig Uhr schloss er das erste Mal mit seinem eigenen Schlüssel, von der Franzen am frühen Morgen feierlich im Bademantel überreicht, die Haustür von Polderweg zwölf auf.

Er ging durch den Flur, hörte leises Klirren von Porzellan in der Küche und streckte seinen Kopf zur Tür herein.

Nicht zufällig saßen Bente Franzen und Otto Ladengast gerade bei ihrer schätzungsweise fünften Teezeit zusammen.

Und nicht zufällig gab es da noch jenes dritte Gedeck, das noch vollkommen unbenutzt war und zusammen mit dem sorgsam hingerückten freien Stuhl auf ihn wartete.

Es duftete nach Sanddornplätzchen.

»Nicht, dass Sie denken, wir hätten auf Sie gewartet«, begrüßte ihn Bente Franzen mit dem schelmischen Lächeln, das ihre ausgesprochen zauberhafte Seite noch mehr zur Geltung kommen ließ. »Ich habe meistens noch ein drittes Gedeck parat.«

»Für den Fall, dass noch jemand überraschend hereinschneit«, ergänzte der Professor, der darauf herzhaft in ein Plätzchen biss.

»So überraschend wie ich, der ich heute pünktlich Feierabend habe«, entgegnete Kolbe, der sich mit einem Lächeln auf dem freien Stuhl niederließ.

Kaum hatte er das getan, als auch bereits dampfend heißer Tee in seine Tasse sprudelte.

Bente Franzen und der Professor waren gescheit genug, nicht zu versuchen, ihn nach dienstinternen Details auszufragen. Dennoch hatte Kolbe das unbestimmte Gefühl, dass die beiden längst über vieles Bescheid wussten. Auf Langeoog gab es eben kaum lange Wege. Schon gar nicht, wenn es sich um Gerüchte oder Tratsch handelte. Irgendwie gehörte das schließlich auch dazu.

Bente Franzen schenkte ihm Tee nach und sah ihn dabei aufmerksam an. »Ich kann mir nicht helfen, aber Sie wirken irgendwie noch nachdenklicher als heute Morgen.«

Kolbe lächelte flüchtig. »Sieht man mir das an, ja?« Die Frage war überflüssig. Er hatte das Gefühl, dass Bente Franzen ihm alles ansah, dass man vor ihr nichts geheim halten konnte.

»Ich bin im Haus von Sartorius gewesen«, sagte Kolbe leise. »Ich hatte dort ein etwas seltsames Erlebnis.«

Bente Franzen setzte sich, tauschte einen erwartungsvollen Blick mit Ladengast und schenkte ihre Aufmerksamkeit schließlich wieder voll und ganz ihrem neuen Gast.

»Das klingt ja ungeheuer spannend«, sagte sie.

»So spannend nun auch wieder nicht«, antwortete Kolbe. »Mir war nur so, als ob ich schon einmal in diesem Haus gewesen bin.«

»Was vermutlich daran liegt, dass Sie eben doch nicht das erste Mal auf Langeoog sind«, sagte Ladengast geheimnisvoll. Er langte in die Innentasche seines Sakkos und zog ein Stück weiße Pappe daraus hervor. Er legte es vor Kolbe auf den Tisch.

»Was ist das?«, fragte der Kommissar.

»Drehen Sie es um«, antwortete Ladengast und langte dabei nach einem weiteren Plätzchen.

Kolbe streckte seine Hand nach der Pappe aus und tat, was der Professor ihm geraten hatte.

Die Pappe war eine Fotografie. Noch in Schwarz-Weiß. Sie zeigte einen Mann mit seinem etwa dreijährigen Sohn. Im Hintergrund war der Wasserturm von Langeoog zu sehen.

Der Mann war Kolbes Vater. Und der Junge war er selbst.

ENDE

**Ostfrieslandkrimi-Empfehlungen
des Klarant Verlages**

Kennen Sie schon die beliebte Ostfrieslandkrimi-Serie »**Witte und Fedder ermitteln**« von **Sina Jorritsma**?

Die Kommissarin Antje Fedder ist ein waschechtes Juister Inselkind. Sie kennt ihr Heimat-Eiland wie ihre Westentasche. Als zurückhaltende Norddeutsche hat sie manchmal Probleme mit der charmanten und unbeschwerten Art ihres Kollegen Roland Witte, der heimlich in sie verliebt ist. Oder vielleicht doch nicht? Diese Frage muss zunächst unbeantwortet bleiben, denn die beiden Polizisten lösen auf der kleinen Insel auch die kniffligsten Krimirätsel. Auch Antjes Vater Tjark Fedder steht ihnen mit Rat und Tat zur Seite, denn der Gastwirt schnappt viele Informationen auf. Nur die übereifrige Bürgermeisterin Silke Meester erschwert den Ermittlern oft die Arbeit.

In der Serie sind bereits folgende Ostfrieslandkrimis erschienen:

**»Juister Herzen«, Band 1
Taschenbuch-ISBN: 978-3-95573-911-9
eBook-ISBN: 978-3-95573-912-6**

Ein mysteriöser Todesfall versetzt die ostfriesische Insel Juist in Aufruhr. Im Bett einer Ferienwohnung liegt die Leiche einer jungen Frau. Doch weder sind äußere Verletzungen erkennbar, noch wohnte Diana Schröder in der Unterkunft, in der sie allem Anschein nach starb. Die Inselkommissare Antje Fedder und Roland Witte nehmen die Ermittlungen auf, und schnell finden sie heraus: Die Ferienwohnung wird von einer Selbsthilfegruppe gemietet, deren Mitglieder ihre große Liebe verloren haben. Juister Herzen nennt sich die Veranstaltung auf der idyllischen Nordseeinsel, die helfen soll, verletzte Seelen wieder zu heilen. Aber wie kam Diana überhaupt in dieses Bett? Und weshalb trug sie eine Pistole bei sich? Ins Visier der Ermittlungen gerät Clemens Vogt, der Leiter der Selbsthilfegruppe. Die Inselkommissare bezweifeln seine guten Absichten und stoßen schließlich doch auf eine überraschende Verbindung zwischen den Juister Herzen und der Toten ...

»Juister Düfte«, Band 2
Taschenbuch-ISBN: 978-3-95573-957-7
eBook-ISBN: 978-3-95573-958-4

»Juister Reiter«, Band 3
Taschenbuch-ISBN: 978-3-96586-027-8
eBook-ISBN: 978-3-96586-028-5

»Juister Taucher«, Band 4
Taschenbuch-ISBN: 978-3-96586-088-9
eBook-ISBN: 978-3-96586-089-6

»Juister Düne«, Band 5
Taschenbuch-ISBN: 978-3-96586-126-8
eBook-ISBN: 978-3-96586-127-5

»Juister Hochzeit«, Band 6
Taschenbuch-ISBN: 978-3-96586-176-3
eBook-ISBN: 978-3-96586-177-0

»Juister Lüge«, Band 7
Taschenbuch-ISBN: 978-3-96586-217-3
eBook-ISBN: 978-3-96586-218-0

Klarant Verlag

Lernen Sie die Ostfrieslandkrimi-Titel des Klarant Verlages kennen und besuchen Sie uns im Internet unter:

www.ostfrieslandkrimi.de

und

www.klarant.de

Sie können dort Näheres über unsere Autoren erfahren, viele weitere interessante Bücher und eBooks finden und Leseproben herunterladen. Mit dem kostenlosen Newsletter erhalten Sie aktuelle Informationen rund um das Verlagsprogramm, wie beispielsweise spannende Neuerscheinungen und Gewinnspiele.